每一本书，都有它的灵魂

总有相似的灵魂，正在书中相遇

二次生长

乔迦 ◎ 著

天地出版社 | TIANDI PRESS

图书在版编目（CIP）数据

二次生长 / 乔迦著. —成都: 天地出版社，2024.4
ISBN 978-7-5455-8228-4

Ⅰ.①二… Ⅱ.①乔… Ⅲ.①随笔 – 作品集 – 中国 – 当代 Ⅳ.①I267.1

中国国家版本馆CIP数据核字（2024）第022768号

ERCI SHENGZHANG

二次生长

出品人	杨　政
作　者	乔　迦
责任编辑	董　晴
责任校对	杨金原
封面设计	程景舟
内文排版	邱兴赛
责任印制	王学锋

出版发行	天地出版社 （成都市锦江区三色路238号 邮政编码：610023） （北京市方庄芳群园3区3号 邮政编码：100078）
网　　址	http://www.tiandiph.com
电子邮箱	tianditg@163.com
经　　销	新华文轩出版传媒股份有限公司
印　　刷	北京文昌阁彩色印刷有限责任公司
版　　次	2024年4月第1版
印　　次	2024年4月第1次印刷
开　　本	880mm×1230mm 1/32
印　　张	7.75
字　　数	165千字
定　　价	49.00元
书　　号	ISBN 978-7-5455-8228-4

版权所有◆违者必究

咨询电话：（028）86361282（总编室）
购书热线：（010）67693207（营销中心）

如有印装错误，请与本社联系调换

目录

第一章 我们在原生家庭那里继承了什么

父与女　7
一场对局　11
那些生无可恋的年轻人　15
对不起，我想保护好我自己　19
辖制　23
每年都会尴尬的父亲节　27
不要忽略家庭内部的"势利"　31
人的差异，是教养的差异　34
那些被"贫穷"桎梏一生的人　38
压力到底从何而来　41
原生家庭是我们的原点，但此刻它应在我们身后　44

第二章 我们处理好亲密关系的前提是做好自己

看不见的关系　55

爱到底是一个人的事还是两个人的事　59

爱的指向性　64

爱情是无法"证伪"的东西　68

两性之爱　72

亲密关系的作用　77

仪式不是爱，自愿才是　81

到底是什么在破坏你的亲密关系　84

那些在治愈你的，或许正在欺骗你　87

假性亲密关系　90

我们都是好的自己，但在一起却未必是好的　94

第三章 身为女性你要先了解自己

什么是"女人的位置" 103
女人到底要什么 107
她们的寂寞 111
注定为爱伤心 115
身为女性要觉醒自己的担当意识 118
女士们，赚钱是你们自己的事
不是别人的事 124
女性还在强调少女感就是自我羞辱 128
如果女性自己都觉得"靠自己真惨" 131
女性恐惧 134
女性的限制 138
女性共生 141
物质之于女人 144
女性的自我认同 147
作为女性，我被这个社会的审视
告一段落了 150

第四章 你的『自我』决定着你的人生

我们认定的"自我",只是被塑造的 　159
当你见过更好的东西,你就知道钱不是那么重要 　163
人的承受力其实是一根橡皮筋 　167
生命是体验的,不是规划的 　172
生活是此岸的坚持和彼岸的幻想 　175
一个人活着,得省力些 　178
你是不是也在某个阶段质疑人生的意义 　182
如何让你的人生更快地精进 　186
很多矛盾来源于我们对同一概念所做的解释不同 　189
请保持终身学习 　192
如何看待自己的缺失决定你可以走多远 　196
在解决"不快乐"之前,你要先把自己捋顺了 　200
真正的风险意识并不是紧张焦虑 　203
保持内心清明就不要过分解读 　206
探寻人生意义的前提是——回到真实性 　209

结语　213

@乔迦 互动环节　219

Restart Life

出差的空隙
在上海的一家书店遇见"波伏瓦"
所有闪光的女性都一样勇敢

Restart Life

我们会到很多陌生的城市"飘荡"
在很多人看来这是"颠沛流离"
但在我眼里,这是体验新鲜的生活
所以"在路上"并不是伤感的事

Restart Life

北京初雪的一天
带着团队到故宫瞰景踩点
路边小店坐一会儿

Restart Life

很多人在我的朋友圈看到的都是咖啡馆、不同城市、不同风景
以为我特别清闲
其实，这些都是我工作的一部分
现代社会，工作和生活已经密不可分
那就一起享受吧

第一章

我们在原生家庭那里继承了什么

除了部分更糟糕的父母对孩子身体上的伤害外，日常生活中大多数的父母带给自己孩子的其实是看不见的心理伤痕，哪怕后来子女们长大，成为看上去独立的大人，但那些幽暗的阴影还一直在他们的身上。他们表面看上去正常无恙，却往往在处理亲密关系时频发状况，此时，原生家庭遗留给他们的阴影就会加速扩散。

父与女

去年年底，一位摄影师老友到北京出差，我们约饭闲聊。

他说最近在自费做一个课题。

我问："什么课题？"

他解释说，他带着设备，开机，然后让对方独自面对镜头表达，没有主题，没有限制。我问他为什么做这个，他说："焦虑的人越来越多，这几年疫情给大家的日常生活带来不便，大家好像很难快乐起来……"

我问他有拍到什么特别的故事吗？

他说每个人的故事都挺特别的，但让他感到震惊的是一位女性朋友。他之前就知道她与父亲的关系并不融洽，但没想到，姑娘最后在镜头前失控，斥责自己的父亲："你为什么不去死？"

她的父亲并非大奸大恶之人，如很多父亲一样，在以父权为绝对核心的家庭中，他们的存在，使家庭"乌云密布"，使其他家庭成员"喘不过气来"。

我有在心底咒过自己的父亲吗？

有，且不止一次。大概在我20岁之前，青春期时更甚。

作为一个父亲，他没有虐待过我。但他营造的家庭氛围，令人压抑而忧虑。

还记得我大学毕业后有一次回家吃饭，他在饭桌上说起我找男朋友的事，像往常一样又引申到他的"高论"，最后定性：一个人不组建家庭繁衍后代就是对社会、对他人、对全人类不负责任。

我神色嘲讽，只问了一句："你倒是早早组建了家庭，你让谁幸福了呢？问问在座的你的老婆、孩子，有人因为你觉得幸福吗？"

我爸摔了碗，我也起身离开饭桌。

事后想想，与其他父亲相比，他还不算"太坏"，换作其他更糟的父亲，恐怕我是要挨打的。

因为他从小挨了爷爷奶奶很多打，所以他给自己定的规矩是——尽量不打孩子。尽量，不是绝对，所以我从小到大，也挨过打，大概那么三四次，这或许已经很难得了。

虽然我不知道那个镜头前喊"爸爸去死"的女孩子和父亲有什么"冤仇"，但我不会认为身为子女说了一句这样的话，就是丧心病狂。

于我个人而言，在二十五六岁之前，我的所有选项其实都与我对父母的爱恨情仇有关——我不是因为向往远方才远走，只是想离他们越远越好；我不是因为一个男人是很好的交往对象才和他交往，只是急于建立除了父母之外"真正属于自己的亲密关系"。

不久前，我们一同去深圳办了爷爷的葬礼。结束后，我在机场送他们，父亲说："改天我们聊聊。"

我内心第一反应，仍然是抗拒，不想聊，虽然我很清楚"他并不能把我怎么样"。我清楚地确定自己是个意志很坚定、内心很强大的人，但当父亲说要聊聊时，我的厌烦情绪仍然猛地占了上风。

这是一种长年累月积压的本能反应。这也是一个人与原生家庭关系的最直观映射。

随着年龄的增长，自我的强大，这种负面信号在不断消减，但它并没有完全消失，甚至不会完全消失，因为亲子关系的真相是——我们并没有选择彼此，但我们却如此紧密地聚合在一起。

命运分配给孩子不喜欢的父母，分配给父母不满意的孩子，我们彼此纠葛。

在二十五六岁之前，我时常忍不住问自己："我并不喜欢自己的父母，甚至非常讨厌他们，我到底做错了什么，成了他们的孩子？"

后来我在一本书里看到这样的描述，大意是："父母子女一场，就像一起完成分组作业，你们被分到一起，因为你们的作业是同一道题目。"

或许吧，同一道题目——父母学习如何面对自己的孩子做称职的父母，子女学习如何面对自己的父母做合格的子女。

拆不开，分不掉，解不了。

没有答案，只有练习。

我不责怪那个在20岁之前咒父亲的自己，现在我依然不那么喜欢他，今天的他在我看来依然漏洞百出、问题复杂，但谁又不是呢？

我讨厌他并不是因为他不够好，而是因为他的不好给我带来了"压迫"。我憎恶的是这种"压迫"，而当有一天我足够强悍，这种"压迫"就会逐渐失去重力和影响力,到那时,我就不再憎恨这个施压者了。

人与人的关系,始终是一场制衡。

父女一场,也不外如是。

一场对局

在我的原生家庭关系里,我与父亲之间,犹如一对天敌。

我们能明显感觉到对方的僵持对峙,只是我不明白:"我不是你的女儿吗,你为什么对我这样?"他或许也不明白:"你不是我的女儿吗,为什么与我一点也不亲近?"

说起"不亲近",这其实是物理现实。

我写这本书时已经36岁。在我过往人生的36年里,从出生到大学毕业,我与父亲每年能在一起的时间不足一个半月,而大学毕业后,我们每年在一起的时间不足20天。

如此算来,我们只真正接触了3年左右的时间,如何亲近?

亲近是由时间和陪伴培养出来的。没有时间相处,没有陪伴,只有血脉,是谈不上亲近的。

因为不亲近,我们之间便开启理性模式。

清晰记得我曾跟我妈说过:"你们缺乏足够的像别的父母要求自己的孩子一样要求我。他们可以无理取闹,要求孩子理解,哪怕他们是错的,哪怕他们打骂了孩子,他们和孩子的关系依然亲近,因为他们有日积月累的感情基础。但我们之间,没有,所以我们最好的相处模式是彼此尊重。"

我不知道我妈听完这段话后，内心有多吃惊，只记得她的反应，说我"冷血""白眼狼"，如此种种。她仗着他们是父母，就该和孩子有天生的亲密，但她没明白，人的感情是个账户，要先存才有资格取。

在我爸眼里，大概我与我的妹妹是在以"赛马"的方式相处。当然，他自己似乎全然没有意识到这件事情，而当我意识到时，我也已经二十五六岁了。这个意识无疑是重大的转折点，于是我解开了"为什么父女一场总是在对峙"这个谜题，自己找到了因由，这事儿也便算放下了。

爷爷奶奶一共生了四个子女，依次是我大姑、我爸、小姑、小叔。

20世纪90年代初的东北乡下，爷爷是大队公安，我爸和小叔在外做生意，两个姑姑是当地学校的老师。这样的家庭配置在那个时代背景下，显然算"高配"了。

打我有记忆起，家庭环境一直富足，这源于我爸做生意早年发迹。那个年代不需要学历，只要人聪明肯干、勤劳大胆就能赚到钱，所以我爸顺理成章成了90年代初的"暴发户"。

可想而知，一个没受过高等教育、凭着自己努力一朝发迹了的二十几岁的农村男人，会自负成什么样。

虽然大姑比他大，但他是家中长子，至今全家人都记得那么多年的春节是怎么过的：一年到头一大家子人聚在一起接受我爸的"训话"，全家人对此反感至极，却敢怒不敢言。

因此，我从小就隐约知道，我的家庭不是什么避风港，家庭是很市侩的地方。

我家发迹时，每年在厨房忙里忙外的人是我大姑和小姑，等到大姑家后来发迹，厨房里忙来忙去的人变成了我妈和小姑。

女人的劳作隐喻着这个家庭的"重心偏移"。后来我家生意失败，而大姑和大姑父的生活蒸蒸日上，渐渐地，大姑成了这个大家庭里的主心骨。

我爸停止了他的"训话"，往日风光不再。

我大姑自认是长女，但在我爸传统的重男轻女、男尊女卑的观念下，长女不过是个外人，由一个外人当家，那怎么得了？

他们两人一人属龙一人属虎，倒也真成了龙争虎斗，然而更多的，是我爸在较劲。他接受不了身为长子失去绝对权力，更接受不了一个女人在整个家庭地位中强过自己，成了核心。

两人的冲突不断，直至今日也是。这当然跟他们的性格有关，但我爸始终没明白，一直在他内心作祟的是——他无法接受女人的领导地位，无法接受女人成为核心。

我是由大姑一手带大的，而妹妹是养在我爸身边的。所以，在他的潜意识里，我代表了大姑，妹妹代表了他。我如果哪里做得不好，他会归咎为"这就是她大姑教出来的孩子"，即便我做得好，他也要挑三拣四地否认，并且顺便夸我妹妹，强调我妹妹有多优秀。

我一直以为，我跟我爸之间的矛盾核心，是我们的亲子关系，但却万万没想到，整个矛盾的风眼其实是在他跟大姑身上。当想明白这一层意思时，真是又心酸又好笑。

人总是无意识地做一些不符合常理的举动，但细究背后，都有因由，因由理清了，也便知道"火捻子"在哪儿了。

我爸与我之间的火捻子其实是大姑，而他与大姑之间的火捻子是一个极端自负、非常大男子主义的男人传统思维。他容不得女人强势，哪怕没有实质性地影响他的生活，但影响了他的尊严。

所以，这又是一场无解的局，只是看清了的人选择跳出来，看不清的人依然困在里面对峙着。

我一直觉得我爸可笑，因为在这场对局里，其实，早就只剩他自己了。

那些生无可恋的年轻人

因为这个月的下旬要搬家,周末我便在家打扫装箱,一边收拾橱柜一边播放《十三邀》。

这期《许知远对话黄灯:我和我的二本学生》,内容听起来好像离我们每个人都那么近——出生在小地方,父母在外,由祖辈带大的留守儿童,在最需要陪伴和引导的阶段父母缺位,无法认识学习的重要性,更谈不上早早明确自己的人生方向和价值感……

那个十几岁的少年骑着大摩托车在公路上呼啸而过,旁边擦身的是几十吨位的长途货车。黄灯老师说她在作文中读到这一描述时,作为一个成人,感觉触目惊心。

人的大脑成熟要在二十五六岁以后,而在少年时,稳固的三观并未形成,很多孩子甚至连生死安全的边界概念都没有。这个阶段,尤其需要大人的关注和正确引导。

我问过很多朋友,年少时是否觉得活着没意思,得到的答案是,几乎每个人多多少少都有一点这样的想法,只是有一些人是阶段性的,比如卡在中考、高考上,家长给的压力过大,每天都是低气压。还有一些人,是持续性的。

而我以为，这些持续觉得生活没意思的人，大多有一个共通之处——亲子关系大有问题。

我在前面讲过"亲密来自陪伴"，没有陪伴，便谈不上亲密。而大多数父母出身普通，他们的教养、见地、眼界、学识都让他们无法好好地培养自己的小孩儿。他们甚至连陪伴的重要性都认识不到。

粗暴的生养关系，一年几次罕见的相聚，聚在一起却发生冲突。这种背景下成长起来的孩子没有自我认同感，他们经历的另一种苦，并非肉眼可见。

拿我自己举例。父母在外做生意，我由爷爷奶奶大姑小叔一大家人带大。因为是整个家族里的第一个孩子，从小我就颇为受宠。再加上我们家经济条件不错，我一直生活富足，爷爷宠我在当地是出了名的。

《人世间》里二姐周蓉家的女儿玥玥由小舅和小舅妈一手带大，她对哥哥周楠说："我真羡慕你。"

周楠说："你羡慕我什么？我爸我妈对你比对我好，什么都可着你，从来不打你，你看我挨了多少打。"

玥玥说："我知道他们对我更好，他们什么都依着我，他们不打我，也不说我，因为，我是别人家的小孩。"

一个孩子，如果不在父母身边长大，那么，他就是"别人家的小孩"。倘若幸运，像玥玥，像我，受到的是身边其他亲人的格外照顾；倘若不幸，自小便要寄人篱下，在周围人白眼、排挤、挑剔，甚至打骂中长大。

一个人最初的安全感,来自于原生家庭的亲子关系。如果在此期间没有建立起足够的安全感和自我认同,那么他在成长过程中,一旦受挫,便非常容易自暴自弃。

我大概在二十五六岁之前,每天都觉得生无可恋。

是因为活得不幸福吗?

还是遭受什么打击了?

其实也没有。

在一个人找到"自我"的意义前,与之关联最密切的其实就是与原生家庭的情感联结和认同。

而对于那时的我来讲,并不知道自己在这个世界上的意义是什么,我觉得自己对所有人来说都不重要——连父母都"不在乎"我。

相信很多人会有同我一样的感触,时至今日,我也知道"父母不在乎你"这样的表述会冤枉一些父母。他们用传统而有限的方式和认知对待自己的孩子,但在这些有限里,孩子远远感受不到他们需要的和想要的东西。

这些亏空会在一个人的成长过程中凝固成型,并影响他们的一生。

正如那句"幸福的人用童年治愈一生,不幸的人用一生治愈童年"。

在一个人未成年时,他依托自己的父母和原生家庭获取安全感和自我认同,所以原生家庭对他的影响至关重要。

冷酷、武断、暴力、缺少陪伴、匮乏沟通、经济压迫,缺乏来自成年人的正确疏导……如此种种,都是一个孩子成长过程中的暗礁。

在获得足够的经验之前,他们只能一次次撞上去,头破血流。

于是,他们厌倦这种"循环反复,看似没有尽头的伤害",对人生的理解也变成了"这么痛苦,这么没意思,为什么要活着"。

有的孩子选择了放手,有的孩子跌跌撞撞、摸爬滚打,终于长成了一个成年人。

长成一个成年人,也并不意味着什么,只代表他稍微强悍了一点点。

然而,在往后的岁月中,他们是否能够完成一次自我的蜕变,还是只是成为当初那个痛苦的少年人的延伸,这依然要靠他们的运气,也要靠他们的觉悟。

对不起，我想保护好我自己

大四时，我一个人去了广州，在当时的《南风》杂志社实习。

南方日长，每天上班时间大概从中午才开始，下班时间是傍晚六七点钟。

听起来非常惬意，但固定的是，我每天早上6点多都要被我妈的电话吵醒。

她每日在电话那端絮絮叨叨控诉我爸，义愤填膺，越说越激动，而我在这端，昏昏欲睡，内心无比厌烦。

我不是不能充当一个聆听者，但这种同样内容的控诉，在我家已经重复了20年。

我妈向各路人讲述我爸如何恶劣，诸如长久以来对于婚姻的惯性背叛，对于家庭的不负责任，等等。大家对她深表同情，并且纷纷支招，比如"你要拿好手里的钱，给自己准备后路""大不了不过了，带两个女儿也挺好""你带孩子不跟他过了，他这样抛妻弃子，看他还怎么做人"……但选择临阵倒戈的恰恰是我妈本人，一旦卡到离婚这个节点，我妈就觉得我爸会成为孤家寡人，并对此深表忧心同情。

时日长了，大家也都知道了，我爸改不了，我妈离不了，原本对她的同情，便带了敷衍。

一个人如果遇到困难，一定要第一时间想着如何解决。可以靠自己，也可以寻求外援，但如果当事人根本没有意愿和行动去解决时，那么之后，他就再难获得外力的支持。因为在他人看来，他不过是那个每日重复"狼来了"的孩子。

每个人都有自己的生活和事情，谁会为你一次又一次的"狼来了"虚跑一次又一次呢？

很多年以后，我试图总结，我从爸妈那里，分别沿袭了什么？

让我诧异的是，我传承更多的因素竟然来自我爸——那个我讨厌的男人。

而对于我同情的我妈呢？

我想了又想，她的面目是模糊的，她的态度是模糊的，她做的所有事情都是模糊的。

她总是躲到别人身后去，让旁人为她发声，为她出头，而在关键时刻，又表现出对我爸的理解和关爱。于是，那些为她出头的人所做的事，都成了多此一举，甚至因此与我爸产生了矛盾。

这便是从小到大，我和我爸水火不容的真正原因。仔细想想，作为一个父亲，他没有虐待我，而作为一个女儿，我又能得罪他到哪里去？

后来我看到一个表述，关于我这种情况，被概括成"代母出征"。家庭中彼此平衡牵制的夫妻关系被打破，母亲选择默不作声，躲到孩子身后，将夫妻间的矛盾转化成父女间的矛盾。

我们家的三角关系概括起来非常简单：父母打架，母亲让我替她出头，我去了，造成了我和我爸之间的矛盾，然后夫妻和好，我被教育一顿。

如此反复,对于我来讲,接收到的是来自父母的双重背叛。

据我所知,身边的朋友中,像我这样的情形不在少数,最后都变成了父女之间的长期矛盾,一个强势的父亲,一个打抱不平的女儿。

我妈在电话那端重复着我早已知晓的内容。我那时候已经清楚,她并非要寻求解决之道,只是觉得自己委屈,长年累月受着气,需要找人发泄。她念叨一遍,骂一遍,好像心中就能清减不少,直到下一次这种情绪再浮上来,她便再找自己的女儿或旁人宣泄一番。

这对他人来讲,无疑是种灾难。

谁愿意终日听这些负能量爆棚的破碎之事?

鸡零狗碎,永不安宁。

终于,在一个清晨,在她又定点打来电话时,我语气冷漠头脑清醒地跟她说:"我有我的生活,我一个人在这么远的地方工作也不容易,自己的问题还不知道怎么解决,你的问题,我没有办法帮你,你跟我讲,只会让我心烦意乱徒增烦恼,以后,请不要再给我打电话说这些了。"

那是我第一次,严格意义上,将自己与父母划分开。那时的我,并没有什么"割离原生家庭"的概念,只是想单纯地睡个好觉,单纯地过我的一天,不想每一天的开场是还没睡醒就觉得人间惨淡。

那时的我,并没有清醒地意识到"要保护好自己",只是本能地这么做了。跟母亲说完这番话后,我内心是抱歉的,会担心如果她不跟我说是不是更苦？她能跟谁说呢？别人也会感到厌烦，她会不会憋疯了？

但我顾不得了，我只能任由自己冷血一点换来一点清静和自我世界的完整。

直至今日，我依然清晰地记得那个场景。既因为我始终记得当时内心的愧疚，更因为，当这么多年过去，我回头看那个瞬间时，我知道自己做对了。

辖制

奶奶已经去世四五年了。

某日,大姑与小叔通电话,聊起过往奶奶对她的种种苛待,60岁的她竟在电话里呜呜大哭起来。

她说:"我竟然被一个大字不识的老太太辖制了一辈子,她死了,但她对我的影响竟然还在!"

可见,原生家庭中上一代对下一代的影响,有多可怕。

我们常说"一个家族的命运",其实指的就是这个家族的人暗自运行的思维和处世方式。他们彼此之间相互影响,并且被深系在这个影响中,不能自察自觉地走出来。

通常,如果父母过于懦弱,他们的孩子要么重复他们的懦弱,要么就会走向另一个极端——容易暴戾。那些在父母婚姻不幸中长大的孩子,要么会过度需索爱情和幸福,要么则把爱情和幸福看作不值一提。

下一代人,就是上一代人的"镜面人生"。

我们从父辈那里,照出自己来,以为这就是"我"。

其实,他/她是被塑造的,是被上一代人的思维行径塑造的。一个人想活成自己,必须明白被父母塑造出来的这个"我"未必是真实的,他/她只是某一个时间段与父母的连接。

当然,很多人密切地连接了一辈子。

比如我大姑,60岁了仍然被已过世的母亲辖制。

所以,身为个体,越早明白如何与原生家庭割离,所受的影响和限制就会越小。

但中国人有句老话"江山易改,本性难移",也说"家家有本难念的经"。家庭成员间的相互关联,尤其在出现一些矛盾冲突的时候,情义往往是要排在道理之前的,好似一旦我们要把家庭关系拎清楚、理出个是非对错来就是"无情"。于是我们痛苦地做个"有情人",选择承受和忍耐,并且认为这是命运的安排,是自己无法改变的事情。

我们真的没有选择的余地吗?

还是只因为我们害怕与父母发生冲突?

当未成年的我们跟父母发生冲突时,他们象征着权威。而当有一天我们长大成人了,成熟了,父母开始老迈,这时候再与他们发生冲突,他们又象征了孝道。

但这些"象征"等同于真实吗?

显然不是。

我与妹妹相差9岁。我高考时,按照我爸的意思,他希望我去学金融、医学之类的专业,因为在他眼里,这些学科毕业后会有个"好出路"。而我想学的中文或者新闻,在他看来则是"废物学科"。因为他身边的人,都跟他一样是生意人,没有文化人,他本身也没有在文化底蕴深厚的大城市生活过。在他认知的世界里,"文化"是抽象的,是不重要的。

我没有过多与他交涉，只轻飘飘甩给他一句话："学费是你出的，你自己去读吧。"

我为什么会说出这样的话？

因为我很清楚，不管我怎么选，大学他们肯定是会让我去读的。既然如此，我就选自己喜欢的，他们又能怎样呢？顶多表达出他们的不满意，然后再数落我一番。

而到了我妹妹高考时，她喜欢动漫和日语，最后因为拗不过父母，去学了旅游管理。

这只是我和妹妹成长过程中的一个例子。时至今日，很多不明就里的人会以为我的父母对我格外开明和宽容，以为他们给了我很大的自由和尊重，而对我妹妹则处处辖制。其实并不是这样的。

他们一直是辖制的父母，只是人与人的关系是对照的，是相互的。他们辖制我时完全不起作用，甚至会遭到反弹，那么他们就会改变与我相处的方法，而他们辖制我妹妹是起作用的，于是他们就继续。

这就是人与人之间关系的相互作用，我和妹妹承受的压力是一样的，甚至因为是大女儿，父母原本给我的压力要比给妹妹的大得多，但要不要反弹，要不要反抗，是我们每个人自己要做的选择。

我见过最糟糕的状况就是有人说"逆来顺受就是我的命"。当一个人从思维上根深蒂固地接受"这就是我的命"的时候，他就不再是个有希望的人了，因为他对待生命的态度是"我得受着，我只能受着"，而不是去试图追寻什么、改变什么。

当一头骆驼决意相信自己会渴死时，旁人的力气是无法将它牵向绿洲寻找一线生机的。事实上，在面对"一线生机"时，或许骆驼要比我们努力得多。

现实里，有人跟我说过："你乐观积极，这就是你的命，而我消极懈怠，这就是我的命。"

我想反驳的是，这不是命，这是我们自己做出的选择。我们每天都会接收很多新事物、新说法，甚至新活法，但如果我们只是听到了，却不接受，不吸纳，不变成自己成长和改变的动力，这样的人生当然是没有希望和转机的。

每年都会尴尬的父亲节

大概在我 30 岁之前,每年过父亲节都会感到尴尬。

如果不问候,但也确实是个父亲的节日;问候,又并非出自本心意愿。

至于说想念、说爱、说祝福,那更是说不出口的事情。

很多年前我写过一篇文章,大概是说,不是每个人都觉得家庭幸福,不是每个人都理所当然地爱他的父母。

我记得那天是父亲节,而每年的这一天,当全世界都在渲染父爱的时候,我却总是倍感压力。

我有一位很好的女友,是个非常优秀的姑娘,自己创业做女性社团并发起女性品牌,在当地已经做得颇有声望。

我们的认识始于合作,但却一见如故。虽然平时联系并不算很多,奇妙的是两人的思路和进步几乎同频。她也每每感慨说,这世上怎么会有一个人想法和我如此相似。

去年年底的时候,我跟她说我在筹备写新书,新书内容是关于原生家庭的。我知道这几年她与她父亲的关系修复得很好,她妈妈已经去世数年。

她说，处理好了和她爸爸的关系，让她心里多了一些底气和安全感。

在这个问题上，她大概是不厌其烦的。

不得不说，她是个温柔的人。

如果换作我，一两次受挫大概早没耐性。

而她不同，面对父亲的不耐烦、顽固、发脾气，她也并不恼火，依然非常有耐心，就像对待孩子一样，慢慢沟通。

几次下来后，父女关系确实有不少缓和。

她说父亲只是不善于表达，所以才总是发生冲撞，慢慢引导他更真实平和地表达就好。

她问我，要不要试试缓和一下我和父亲之间的关系。

我直接答她，我知道那是件好事，但我没这个心力。

我与我爸之间的"多年宿怨"前面已经说得很清楚。

归根到底，是他对待女性的态度我十分不认同。

以我的角度，我实在觉得我妈跟他的婚姻过得太辛苦，而他却认为自己实在做得很不错。

这是理念的不同。

比如我认为男人做家务也是理所应当，他认为那是男人没能耐；我认为男人表现得所谓怕老婆，其实是种爱，而他认为那是窝囊。

理念不同，判断标准便不同，所以没有办法调和。

那么，面对他时，处理办法就是尽量避开这种明知彼此有巨大分歧的事情，可谓冷处理。

自我生病后，父母对我的态度倒是包容了许多，他们当下最担心我的健康，所以之前种种冲突也便不再在我面前提起。

但我知道，他们骨子里并没有变，而是把当年逼我的那一套理论转移到我妹妹身上了。

甚至在他们的认知中，我年纪不小又有病在身，恐怕是嫁不出去的，因为他们觉得没有男人可以接受我这个情况。

我要怎么做呢？

去争论？

去解释？

我没这个心力。只要他们不把这种话说出口给我添堵，大家就可以相安无事。

对于和他们的相处，我实在不追求可以变得亲密，彼此之间相安无事已是足够。

情感有很多种，如果实在生不出亲密，便也不必刻意。

尤其是随着两方的年纪渐长，我明白父亲心里的失落，他觉得自己的孩子与自己太生疏。

但这点无法改变。

因为在碰触到彼此核心的观念上，我们是彼此不认同的。

在二十五六岁之前，我还是会恨他。

但后来，当我明白不必非得以审视一个理想中的爸爸的角度去看待他时，我会跟自己说，大千世界什么人都有，他只是其中一种。

少年时的埋怨和恨意，大抵是因为对一个父亲的角色抱有期待，而当我成熟之后，便学会将这种心理上的期待放下，以对视的角度去接受对方以他的方式存在。

疏离,而非期待;放下,而非纠缠。这就是我的处理方式。

我十分能理解那些不爱自己父母的人,因为爱是要有前提的。

所以,我并不劝说他人一定要去修补自己与原生家庭的关系。

我的看法是,把自己从中抽离出来,不必刻意寻求爱,也不必悻悻放不下恨。

过好你自己,不要让它过多干扰你,就好。

不要忽略家庭内部的"势利"

跟一位朋友约饭,他聊到一件事,母亲节的时候他妈妈发信息问他要红包,但恰好赶上他刚交完房租,又还了信用卡。

他回:"晚几天给你?"

母亲来了一句:"你不会几百块都拿不出来吧?瞧你在外面这么多年都干吗了!"

朋友说他当时听完内心真的挺受伤的,在他看来,妈妈怎么可以说出这种话。

但现实里,能对自己孩子说出这种话的父母,其实并不少,不是吗?

我们的教育里好像一味在强调情感、强调和睦、强调爱,却对于人性的现实性避而不谈。于是每个人都天真地长大,以为父母无私地爱自己是天经地义的事,直到有一天,当现实突然跑来找你理论时,你会惊诧"怎么会这样"?

怎么会这样?

不一直这样吗?

家庭的构成是:血缘-亲情-利益共同体。如果一个人成长过程中所需的基本福利保障，社会可以给予，那么他对原生家庭的经济依赖就会少些，所以亲人之间的彼此依赖，除了血缘和亲情外，有很大一部分是因为同为一个经济共同体。

中国人讲"养儿防老""前三十年看父敬子，后三十年看子敬父"就是这个道理。

中国人有的不仅仅是家庭概念，还有家族概念，甚至在一些历史阶段中家族概念要远远重于家庭概念。血亲、近亲、远亲、上下代际传承，这些关系使一个家庭成员在家庭中的角色复杂化，除了表面看到的血缘关系，他们在家族中还有很深的象征性责任和期待。

因此，中国家庭或者说家族关系中的情理，处理起来尤为复杂。

我看过一段国外研究者的视频，其主题大概是"如何让一个孩子具有更高的幸福感"。

答案是什么？

答案是尽量不要让他出生在经济贫困的家庭。

这话听起来非常现实，甚至刺耳，但事实通常就是如此。

一对挣扎在温饱线上的成年人每天埋头跟自己辛苦的命运做斗争，怎么能有更丰富的精神世界和情感来共情和教育自己的后代？

所以，很多父母，其实不是不爱自己的孩子，而是，他们根本不会爱，或者也没有精力爱。

人在幼年时对于爱的理解是比较单纯的，比如父母的拥抱，父母的陪伴，父母不要轻易向自己发火……所以小孩子通常都会认为自己的父母是爱自己的，哪怕中间出现矛盾有了困惑，只要父母说

"爸爸妈妈是爱你的啊"，小孩子就会认为父母虽然有错，但他们确实是爱自己的。

然而真实情况呢？

真实情况是，父母所说的爱和孩子以为的爱根本不是一回事。

父母嘴里所说的爱是因为他们是你的父母，自然而然产生的血脉伦常之爱，这是动物的本能；而孩子以为的爱，则是认为"我的父母爱我，所以选择了我，因为他们爱我，所以他们应该理解和支持我"。

大家日常有观察过一个家庭中的权力关系转化吗？

当父母壮年的时候，父母是权威，等到孩子壮年父母老迈，则变成了孩子是权威。

而如果父母的终身成就始终比自己的孩子更高的话，那在家庭里，父母依然是权威。

这跟外界的人际社交又有什么不同呢？

我们大概需要认清这些，才不至于在情感的认知上很傻很天真，最后让自己很受伤、很受挫。

这并非个体的过错，或者说哪一对父母做得不够好，我们应该明白的是——爱，是人性的升华，而非人性的常态。

人的差异，是教养的差异

通常我们指责一个人，会说他"没家教"。因为太频繁地用到这句话，反而忽略了它到底有多重。

很多成年人损人利己、唯利是图、习惯性撒谎、懦弱、占便宜、没担当……归根到底，不是社会有多糟教给了他这些习气，而是从小，父母就没教过他怎么做个心理健康、心地磊落的人。

以至于当你说这个人太算计、势利、心术不正时，他会说，这都是因为社会压力造成的。

大家面对的是同一个环境，不是仍然还有很多磊落正直的人吗？

我们为什么强调家教？

因为家教是一个人性情根本的教育。学校的教育是知识的教育。一个人如何做人，应该主要由父母来教导而不是学校来教导，更不是日后社会来教导。

但很多父母，自己都是品性较差的人，又怎么能教育好孩子？

品性差、人性里的通病小瑕疵和品性高洁，是三重层次。我们的书本教育是倡导品性高洁，但在现实里，很多人认为"我有一些品性的瑕疵，但这就是人性啊，我有什么错？""小恶为之不算过"，如果一个人视自身小恶而不见，给自己随便找理由开脱，同时还要把自己归类成"善"的话，这当然是有很大问题的。

我们太容易在道德上放过自己，却又太习惯在道德上苛责他人。

"不恶"与"善"的区别是什么？

当你看到一个人坠到悬崖边呼救时，你没救他，因为他跟你无关，他也不是你推下去的，你恐怕也没有足够力气去救他，于是你装作没听见走开了。这叫"不恶"。

"善"是你听到有人呼救，你一定费力去救他，最后可能成功也可能失败。成功了，你开心自己做了件好事，失败了，恐怕这要成为你的阴影。因为你觉得好似是自己做错了什么，虽然在这个过程中你没做错任何事情。

两者之间的差异是什么？

"善"的成本太大了，弄不好你还要把自己折进去。

而"不恶"的成本，则是选择冷漠就可以。

现实生活中我接触到不少人，有些人明显在习惯性地撒谎、表里不一、算计别人，但有趣的是，他们评价起自己来，都是十足的好人，他们觉得自己善良无比。

都说外在诱惑会让一个人性情大变，我并不认同。一个人的性情基本是不会变的，那些一朝得势就开始欺压他人的人，他真正的性情就不是个良善之辈，只是因为他在低位时，忍着、掩饰着，没有肆意的条件和底气。

一个人在优越时，如何对待弱小，这其实是他还在孩童时，父母就应该教好他的事情，而不是有一天长大成人后来责难社会。

杨绛曾说："男人品质优劣，体现在他最有钱的时候，看他放纵什么。女人人格好坏，往往展现在她最没钱的时候，看她坚持什么……"

放到当下的语境，这句话对男人女人都是一样的。

富贵不淫其性，贫贱不移其志，威武不屈其品格。

包容、温暖、向阳而生，不卑不亢，清澈善良。

现实中，父母的言传身教便是孩子人生品格的地基。

父母的品性决定着对孩子的教养，而孩子的教养又决定着他们成人后的品性。所以，那些品性不高的人，如果你去了解下他的原生家庭，多半是因为他的父母也如此。

在这样的家庭环境日积月累、耳濡目染熏陶出来的人，无论承袭了什么，他们都认为是常态，而不会认为是自己的问题，也不会反思自己。

我们说"江山易改，本性难移"，其根本，并不是一个人改掉本性有多困难，而是一个人能意识到自己本性有问题才是最难的。就像阴险的人不觉得自己阴险，算计的人不觉得自己算计，残暴的人不觉得自己残暴。

一个人如果能做到不停地反思、自察、自省并且不断去纠正自己，那么他就可以改变自己。

虽然，在现实中，这样的人并不多。

为什么我们基本把一个人的教养等同于他的家教？

因为很多教养问题，是只能在家庭内部完成的。

举个例子，男生爱跑跳，容易臭脚，那么脱了鞋后应该立马去洗脚换袜子，这是在他很小的时候，他的父母就应该告诉他、要求他的事。如果父母没有告诉他，那其他人多半不会说，他的亲戚也不大会挑明这件事，他长大后遇到的朋友更不会挑明这件事。

如果一个人品性懦弱、算计、自私、占便宜，也是一样的道理。

如果父母不在他成长过程中纠正他，别人一般也不会去戳破他，只会默默远离他。

所以，亲密关系，是带有责任的，尤其是亲子关系。

因为有些问题只有亲密关系才适合来挑明，你很难想象一个30岁的男人去参加朋友的聚会，脱了鞋后在座的朋友会说"你快去洗脚"。大家大概都忍耐着，然后心里想着什么呢？想着"天啊，快点让这个聚会结束吧"。

由此，一个人身上的问题，与他有亲密关系的人，是有责任提醒他的。在亲子关系中，如果父母本身不懂，因此不会提醒，而成年后找了伴侣，为了维护对方的颜面，也不会去戳破……

这就是为什么今天我们看到那么多"普信男"（普普通通、毫无所长，却盲目自信）的原因。

因为他们的问题，父母不觉得是问题，但长大成人后，却没有人提醒他，而他一直活得沾沾自喜，却不知在与他不相干的人眼中，已然成为笑话。

那些被"贫穷"桎梏一生的人

我在不少成年人身上看到了"贫穷后遗症",他们看待所有问题的出发点都是——钱。

你跟他说人要开心一些,他说,没有钱怎么开心?开心是属于有钱人的。

你跟他说人还有精神世界以及情感,这些都不是用钱来衡量的,他说物质世界都没满足,谈什么精神世界?

你跟他说不是所有人都把钱看得那么重,他说,那是你不缺,再说你也没拥有过大钱。

由此看来,钱不仅是个好东西,还是个顶级好用的借口。

贫穷分两种,一种是客观的,一种是主观的。

客观贫穷的人未必不快乐,因为贫穷是个相对论。

比如有人一个月赚10万元,有人一个月赚1000元,那赚1000元的人就是贫穷吗?如果对比前者,是的。但如果对当事者而言,他觉得工资已经足够他生活,且还生活得不错,那他主观上其实是不认为自己贫穷的。即便不算富有,但他也没有感觉到自己匮乏。

大部分人，勤勤恳恳认认真真地过一生，都不至于太贫穷，大家只是没有更多的积蓄和更大的财力，但偶尔享受一下也基本可以满足。

可怕的是那些深感自己匮乏的人。无论他拥有多少财富，无论他客观上是不是真的贫穷，他都觉得一切问题的根源皆在于自己不够富有。

不快乐是因为不富有，不健康是因为不富有，不乐观是因为不富有，不开阔也是因为不富有。

一个人如果感到匮乏，就会认为自己没有办法填满欲求，并且会非常主观地认为这是命运对他的亏欠，还会质疑为什么不像别人那样拥有好运？

别人的优秀，别人的优越，别人努力的结果，在他看来，仅仅都是别人的运气好。

这样的人，大概会一生都贫穷。因为他活在一种"自苦"的思维里。无论什么问题，在他看来都是艰难，与人交往中展现出来的往往也是又苦又酸、自怨自怜，谁会喜欢这样的人呢？

我认识一位朋友，他30多岁了，张口闭口句句都是钱。我问他何以至此？他说小时候家里穷。

这就是他的理由，听起来理直气壮。

几十年前，绝大多数的家庭都算不上宽绰富裕，谁家父母不是在勤勉为生？

同样是在不富足的情况下，有的父母就可以教育出有好的自尊的孩子。好的自尊意味着生而为人的体面。这个体面不是条件有多好，而是内心的尊严，是即便在有限的条件里，依然有所要求。

我妈妈说她小时候穿的都是旧衣服，有的还得打补丁，但即便如此，外婆也会洗得干干净净，补丁打得毫不马虎，学校统一的小白鞋永远是同班同学中最白的。

北野武在《深夜物语》中也提到过这种体面。虽然小时候家境不好，他的母亲同样教会了他这种体面。所以，他在书中说，当下的人们活得非常充实，条件已经比他小时候好太多，但是，太多人却丢失了体面。

体面是一个人的自尊，是一个人留给自己的信心。

一个人可以在外在困顿情况下选择向现实低头，但如果一个人因为一时的困顿就把这种最根本的自尊彻底忘掉，他真的会贫穷一生。

因为，他看待自己的角度是，他只拥有活在泥地中的人生。一个不再有自尊的人，是不会想着从自己厌恶的泥地里挣扎出去的。

这刚好印证了，那些认认真真在赚钱的人，反倒从不把赚钱挂在嘴边，而那些只羡慕别人有钱的人，才把钱挂在嘴边上。他们并不身体力行去想着如何赚钱，只是哀叹自己运气不好。他们期待的是一个大好运，一夜中 500 万元，或者通过一个契机傍上有钱人。

他们如此看重钱，却看重的都是别人口袋里的钱，他们如此憧憬成功，却都在嫉妒别人的成功。

这样的人，在不作为中会越来越贫瘠，越来越狭隘，进入一地鸡毛的恶性循环。

由此说来，一个习惯把贫穷挂嘴边的人，不是他的不幸，而是他的品格决定了这些。

压力到底从何而来

你的压力来自社会吗？不，你的压力来自父母。比如七大姑八大姨劝你结婚，不过是见面时七嘴八舌地随口说说，不会平时也骚扰你。只有父母，他们认为自己有随时骚扰你的权利，并且打着关心的名义。

你有没有房子，有没有钱，往大了说是世俗的审视，但仔细想想，对于这些问题，其实社会不在乎，七大姑八大姨也不在乎，拿这个来打压你的，还是你的父母。所以，如果连父母都在挑剔、嫌弃、打压，我们自然会分外伤心。

亲密关系是离我们最近的压力源，如果这个压力源都是负面的，我们自然觉得活得好艰难。但我们的父母不懂这些，他们依然在以"为你好"的名头向你提要求，这非但没有让我们觉得温暖美好，反而让我们内心更加荒凉。

代际的差异化，在于所处社会大时代背景的差异化，并不是一个家庭内部父母是否权威、孩子是否顺从这么简单的。比如20世纪80年代的男女婚恋，可能双方见过几面，印象还不错就结婚组成家庭了。因为它整体根植于一个局部的熟人社会，知根知底，一个人所在家庭成分、工作单位几乎都是透明的。而放到现在，年轻一代往往是背井离乡，从不同地方涌到大城市里，没有一个像背景调查一样的"保障环境"。一个人在另一个人的世界里突然出现和消失就如同戏法（也正因此衍生了很多情感行骗），那么现代年轻人在择偶，尤其到谈婚论嫁的层次，其实是存在更多的不确定性和考验的。虽然表面看起来，他们好像有了更多的择偶空间和恋爱自由，但对于建立稳定的婚姻来讲，这些，其实算不得什么保障性的优势。

来自父母的高压，往往是因为父母停留在自己的时代背景下，以自己曾经的人生体验来框制当下子女们的行为。很多问题在他们眼里看起来，是"理所当然""顺其自然"的，但对于现在的年轻人来说却难如登天、颇具挑战。

我大学毕业后刚参加工作，有一次放假回家，饭桌上我爸问我一个月薪水多少，我那时一个月大概四五千，我爸听完后说："××和你是小学同学吧？你俩小时候还一起玩过，去年他给他爸买了辆车，六七十万呢……"跟我同岁同届的人，出手给自己的爸爸买了辆六七十万的车，而我一个月赚着四五千的薪水，这是不是碾压式暴击？

如果是你，你会怎么想？你会想父母虚荣攀比，不设身处地为孩子着想，竟然还拿这些来刺激孩子。我很清楚我爸之所以说这些，就是想说我选错了路，做个文化人有什么用，能赚到几个钱，他意图借此截堵打压我。他的这个反应和说辞是不是和很多父母都一样？

我的回答显然让他万万没想到，我说："据我所知，他爸先给他投资2000万开了个厂子，要么他哪来钱给他爸买车？靠他自己？大学刚毕业做什么能赚这么多？正常薪资水平也就我这样，别说给你买60万的车，现在够养活我自己就不错了……"

我爸大概没有想到我如此直接，反倒慌了，忙着说："爸爸不是这个意思，当家长的哪能问孩子要东西呢，你才多大……"

如果从情感角度切入，就是父母的愿望，我身为女儿却没有满足他们。但如果从现实逻辑的角度切入，我们首先要判断的是父母的所谓"愿望"到底合不合理？如果不合理，我们就没有必要因此心生自责和愧疚，甚至衍生出对自己的否定和怀疑。

面对父母的压力，与其烦躁焦虑，不妨从情感思维里跳出来，跳到逻辑思维里，以成年人的逻辑和姿态与父母对话，而不是"因为你是父母，所以我必须满足你才算是报答，如果不能，我便愧疚"。

父母子女一场，也要讲究合理性。如果我的父母让我每月给生活费的话，我认为这是为人子女的义务，但如果他们说"女儿，你每月得给我10万块做生活费才行"，我只能毫不留情地让他们清醒一下。

原生家庭是我们的原点，但此刻它应在我们身后

在法国电影《爱》中，成年女儿向父亲描述小时候听到父母房间里做爱的声音，让她觉得他们非常相爱，相信一家人会一直在一起。

这种父女间的对话在我们的文化中看来真是"大胆"，但它其实精准地描述了孩子对家庭的安全感和幸福感源自父母之间的恩爱和睦。

和谐的夫妻关系一定是相互体谅的，面对问题用良好的方式沟通而不是用冲突的方式去解决，也就是双方在其中习惯性地运用换位思考的方式。孩子在这样的家庭中长大，自然会学到平和地、善意地看待和处理问题的角度和方法。

反之，如果父母关系剑拔弩张、充满矛盾，且双方都是不冷静又不讲道理的人，孩子往往会偏向两个极端，要么特别懦弱胆小，害怕有任何冲突出现，要么思维刻板、性情偏执。

显然，这两种，都是不会良性沟通的表现，那么他们在人际关系交往中也一定会受挫。

和睦的家庭氛围对于孩子的成长来讲，就是和风细雨温馨阳光，孩子的内心是舒缓平和的，是有安全感的。

和谐稳定的家庭关系会给孩子带来底气和自信。他们在家庭内部看到了什么才是好的情感，好的相处模式，家庭成员间是彼此友爱接纳的。所以他们在成长过程中遇到情感问题时，能很明确地知道应该怎样更好地处理。

我们往往发现那些原生家庭不幸的孩子，成人后的伴侣关系也不是很顺利，甚至又纠结又痛苦。因为他们越是想奋力抓住，越是会感情用事，从而越容易失衡。

同理，幸福家庭的孩子自爱感是高的，因此他们一旦遭受冲击，会更勇敢地保护自己及时止损。而不幸家庭的孩子自爱感是低的，他们会觉得"我的父母都不在意我，谁又真的在意我？我的父母都不爱我，谁又真的爱我"。他们缺乏与他人交往的安全感，面对外部的冲击，会选择下沉式的纠缠，他们的潜意识认为"我不可能拥有好的"，因此也就只能跟糟糕的纠缠。

成年人的世界是混沌暧昧且善于遗忘的，很多夫妻冲突一辈子，到老了开始相互扶持。他们在自己人生的收尾处开始向前看了，却忘了当年在他们的矛盾不堪中满怀恐惧长大的子女被留在了原地。

身为成年父母，他们没有成为孩子成长过程中的坚实壁垒，反而成了孩子巨大的压力源和心理阴影。那些把自己的婚姻经营得一塌糊涂的父母却不忘向子女催婚，告诉子女得有婚姻的依靠，得有家的温暖。

但他们忽略了，正是他们的演示，才让子女认定有家也未必代表有依靠，婚姻也未必代表幸福。

除了部分更糟糕的父母对孩子身体上的伤害外，日常生活中大多数的父母带给自己孩子的其实是看不见的心理伤痕，哪怕后来子女们长大，成为看上去独立的大人，但那些幽暗的阴影还一直在他们的身上。

他们表面看上去正常无恙，却往往在处理亲密关系时频发状况，此时，原生家庭遗留给他们的阴影就会加速扩散。

但作为成年人，是有责任来重新修复自己的。

网络上频频曝出的很多社会问题最后都落在了原生家庭溯源上。一时间，原生家庭问题成了很多人为自己的不堪开脱的借口。这显然是当事者在堂而皇之地逃避责任。

如何解决问题？

我们需要把问题限制在一个线段周期内，而不是无限发散。我们之所以溯源是为了厘清问题的关键到底是什么？我们如何面对和修补？而不是推脱说"我即便如此不堪，但这不是我的错"。

我在前文曾提到我爸爸是一个非常大男子主义的人，而根源一个是长久以来的男性本位意识的侵染，另一个更直接相关的根源是我奶奶是个非常刁钻霸道的人，他在自己的成长过程中是缺乏母爱的。在他少年时期，我奶奶经常对他非打即骂。

所以，在他的印象里，一个合格的女性角色就应该是温柔的、顺从的，听从丈夫的。我奶奶对他的高压和伤害导致他但凡在女性身上看到一点强势（即便这个强势与他无关，也没干扰到他），他都要跳脚抨击。显然，糟糕的母子关系让他走向了厌女。

我理解他如此行径的根源，但理解和接受是两件事，理解是同理心，而是否接受则意味着我们选择哪种价值判断体系。

我可以将自己的问题归咎于我的父母，而我的父母又可以将他们的问题归咎于他们的父母。

如此溯源的话，每个人都陷在了埋怨他人的视角里，而并非真正地解决了现实问题。

作为成年人，要明白解决现实问题是我们自己的责任，而不是找借口说"因为如何如何，所以这个问题我解决不了"。

成年人要懂得与原生家庭做切割，经济的切割、生活的切割、思维的切割、情感的切割，切割不是割裂，而是即便我们是至亲，我们依然"你是你，我是我""你的人生是你的，我的人生是我的"。

我们通过原生家庭来到这个世界上，并且不可选择地在原生家庭环境中度过了我们的未成年时期。

成年后，我们需要自己挣脱开、走出去，去重新塑造升级一个独立的我。

我们的生命属于自己，是自己的果实，而非他人的因果。

网上有一句话。说得很好，一个人的成熟标志是：

"他开始接受父母是普通人"，他不再以理想化、仰望的角度去要求父母，因此可以客观看待父母作为普通人的错误和过失；

"他开始接受自己是个普通人"，他不再以"誓要如愿"的角度去要求自己，明白自己生而为人渺小有限，从而对待生命更谦恭认真；

"他开始接受孩子是个普通人"，他不再将自己的心愿强压到下一代身上，由子女去完成，因为，即便父母子女一场，大家各自都有自己的人生。

人生苦短，活着，就该既审视人生而又认真生活。

所以，每个人要承担起自己的人生，既不要被他人干预，也不要干预他人。

当明白这些时,我们才会放过他人,也放过自己,才能离开原地,走自己的路。

Restart Life

一个人只有学会享受孤独前行
才能无论历经什么都将其视为风景

Restart Life

真正治愈生活的，都是简单的东西：
灿烂阳光、新鲜空气、清晰目标、纯正友谊

Restart Life

换了新发型
皮一下

Restart Life

一个人在成长过程中会有不同的阶段
"渴望沟通"的阶段、"拒绝沟通"的阶段
如果你已经是个成年人，但一直处于"拒绝沟通"的状态
那应该有意识地主动调整下自己
一个人的生命状态应该是开放的，而不是封闭的

第二章

我们处理好亲密关系的前提是做好自己

真正的爱是带有指向性的，不是换一个也可以，不是多一个更好，不是这个行那个也行，不是"我即便这么做，他/她也不会离开我"，而是指向的就是某一个他/她，以及"我这样做，他/她会不会受伤"。如果仅仅是不离开，那么纵然有爱，也更像是关系的占有，而保护对方不受伤，才是珍爱。

看不见的关系

第五季《十三邀》的片头导语里，许知远说"当我看到世界变得越来越封闭的时候，变得突然充满了防备心，我们是孤独的狂欢，所以创造亲密是非常非常重要的一件事情，身体上的那种亲密感，包括智识上的亲密感，对于一个社会的运转是多么重要的一件事……"

我承认人与人之间的亲密感对于社会的运转非常重要，但对于个人来讲，它更重要。

而在现实中，人与人之间越来越匮乏的恰恰是亲密感——一个真实的人对另一个真实的人的亲密感，而不是一个身份对另一个身份，或者一个人对一个标签。

不知从何时起，我们开始往人的身上贴标签，用一个或几个身份或关键词来阐述一个人。这方便我们对一个原本没有印象的人展开初步认知，但这只是初步认知，或者说，是这个人在某个特定场合下的一种角色，并不是这个人本身。

我们会粗暴地把这些标签或身份等同这个人的全部，于是我们惯常地理解为励志的人都坚强，上进的人都积极，老实的人都靠谱……

但事实是，励志的人也有脆弱的时候，上进的人也有颓丧的时候，很多老实的人并不是靠谱而是没担当。

我们总在以一两个词汇来概括和认知一个人，显然，这是一种人际关系中的偷懒和愚弄。

因为一个人怎么可能等同于一两个形容词？

这种认知的背后是——我们根本看不见对方。

我们只看得见自己，我们过分强调在一段关系中，我们想强调什么，要表达什么。

更多时候，我们是在自说自话地表达，而对方只是一个简单的听众或接收器，大家并不是在彼此了解和交流。

许知远曾说智识上的亲密感对一个社会的运转非常重要。而日常中，大多数情况下，我们无法建立这种亲密感，因为，我们根本不是在彼此交流。

有儿童心理专家指出，孩子在成长的过程中需要高质量的陪伴，这样才会让他们获得安全感以及自我认同。这个需求放在成年人身上又何尝不是呢？

很多时候，哪怕是在亲密关系下，两个人所表达的内容不过是为了展现自己、说服对方、表达自己，而不是来往互动，听对方说什么做出对应的回应。这样的沟通和交流好似大家都在说话，但其实都在各说各话，如果有人在关系中觉察到这种自说自话的状态，会瞬间感到特别疲惫无力。

因为我一直是个要求高质量对话的人，所以在这方面尤其敏感，如果在沟通中，发现对方并不是在与我交流，我会停止对话。

当对话停止时，人与人的亲密感就会疏远，往往这也是很多亲密关系最后走不下去的原因，因为纵然大家有空间上和肢体上的亲密感，但在情感和智识上其实根本"看不见"对方。

一位结婚四五年的朋友跟我讲，她说两个人真心地在一起久了，是可以看到对方灵魂的。

我问她所说的这个灵魂是指什么？

她说："一个人的本质，一个人的内心，一个人的脉络。"

而现实中，我们急于实现的是这个人与我约会、见面、发生关系，可以拥抱，可以亲吻，最好不要有什么麻烦，不要上升到交往及交流的难度。

如果其中有一方敏感（这个角色往往是女性），那么她在这种关系中就很难被满足，因为这种亲密里没有高质量的交流。

所谓高质量的交流，是人通过彼此熟悉、彼此认同而更接近另一个人的内心，在他们彼此接近内心的过程中，产生认同、安全感及依恋。

我们惯常看到的亲密关系，好像是我们不停地在构造亲密关系，但那些不过都是貌合神离，或者短暂的激情和好奇而已。

我们非常容易夸大自我，好像对方只是一个场下观众，于是在这个人面前过分渲染自己，夸夸其谈。这样的亲密关系满足的不过是一个人的存在感和表演欲，毕竟，除了亲密关系之外，很少有人会不厌其烦地听另一个人反复讲述自己人生的一地琐碎和鸡毛蒜皮。

讲述是交流的起始步骤，但很多人，恰恰只停留在了讲述而已。

有效增进的关系是"看得见"的关系，它能够带给彼此成长、校正、认同、安全感和滋养。

这种"看得见"可以把一个人完完整整的复原，而不是一个人的某个标签、某个角度或某个特质。

人无法只活在某个标签下，哪怕这是个带有褒义性质的标签，就像我前面讲的，一个坚强的人同样可以脆弱，一个上进的人同样可以沮丧。

愿我们彼此靠近，可以建立真正的亲密感。

爱到底是一个人的事还是两个人的事

有一次我跟一位朋友诉说起爱情的烦恼。

这位朋友对我讲"爱其实是一个人的事,不是两个人的",并且举了几位畅销大师的作品为例。

我买回来翻阅了一番,看过之后,仍然觉得好像哪里不对。

哪里不对呢?

《锵锵行天下》里的嘉宾罗朗说,他对他的狗就是真爱,虽然它不是他理想中的狗,但是养起来后宠爱得要命,当他忙起来就会将狗交给助理帮忙照顾,结果狗变得跟助理更亲近,于是他开始醋性大发,但后来想想,其实狗狗自己觉得开心就好,它愿意跟谁玩就跟谁玩,它开心就好。

罗朗说,他觉得这就是爱——希望对方好。

窦文涛问了一句:"这是狗,那要是女友呢?"

是啊,要是女友/男友,你还会觉得她/他跟谁玩都可以,在哪获得快乐都可以,离开也无所谓,只要她/他过得更好就好?

说到底,这里说的爱,其实不是一种。

你希望对方过得好的这种爱,是广义的爱,是对人类的爱,是对万事万物的爱,是我们的善心、慈悲心、体恤心。

这种爱是你对陌生人都会产生的,如果是面对一群与你交好的人,就更容易产生了。

所以,这种爱或者慈悲心当然可以是单向的,比如我希望我有爱的能力,爱这个世界,爱生活,也爱某个人。这里所说的爱,其实都是指广义上的爱,或者说,是"大爱"。

但两性的爱,其实是针对性的,是有差别的,是有排他性的,是互动的,是"小爱"。

退一步讲,就算不是爱情关系,例如我们是最要好的朋友,这个"最要好"其实是相互认定的,你知道你在对方心里是最要好的,你也知道对方对你来讲是最要好的。我们很少听说两个人中只有一个认为是最要好的,而另一个人不觉得。

为什么?

因为这种紧密的关系其实是相互印证的,它不是单向的,它是彼此都知道且确定的。

深厚的友谊都是如此,何况爱情呢?

由此说来,爱情当然是两个人的事,怎么会是一个人的事呢?

我们经常听到一些理论或想法就觉得,哇,豁然开朗,给了自己一个解释的理由,但其实不是这样,我们所理解的可能并不是真正的意思,而是我们自身需求的意思。

如果说"爱是一个人的事",那我就告诫自己不要对对方期待那么多,这样就会避免冲突和受伤害。这当然是一种方法,但这个过程中,"爱"的原始意义其实已经改变了。

我们在爱情中渴望的是有回应的、相互影响印证的、互动的爱。

因此，我们很清楚什么人能让我们更快乐，什么人总是让我们伤心。我们愿意跟让自己更快乐的人在一起，我们渴望更多快乐的时刻。如果对方让我们伤心了，我们就会试图通过调整来解决问题，解决掉伤心，然后再把快乐找回来。

如果爱是一个人的事，那其实我们不需要这些区分和调整，我们只需修炼自己的平常心就好了。

修炼自己的平常心自然是好事，但实际上这是两件事。

我们常说一个人的安全感在他自己身上，这当然是对的。

但其实，这也是指他对爱的能力、对获得幸福的信心有安全感，并不等同于他在一段伴侣关系中的安全感。

一个人在伴侣关系中的安全感取决于他的伴侣给他的关系质量。如果一个人的伴侣总是心思不定朝三暮四，那么即便他内心再强大，也无法从这段伴侣关系中获得安全感和认同感。当然，他可以选择离开，也可以相信自己仍有获得幸福的能力，找寻一个真正懂得珍惜自己的人，但这并不代表他可以在这段感情中获得安全感。这仍是两件事。

也就是说，一个词，分属不同情境时，指代的意义完全不同。但我们好像习惯了接受一种说法，然后到处套用，最后发现这个名词解释似乎帮我们解决了一些问题，但又带来了另一些困惑。

为什么会如此？

因为我们如何理解和分析运用一个词，取决于它到底出现在什么情境中。

我们怎么可能在伴侣关系中生出对人类的那种慈悲的、无差别、无期待的爱，生起"不增不减不生不灭"之心？

这是不可能的，伴侣的任何反馈，都会让我们的情感增减，爱恨生灭。这才是爱情。

当然，也有真的超越了"小爱"而进入"大爱"的爱情，但这种在现实里太罕见了，并且从本质上，它是区分于"因为我去抓小爱不容易得到，所以拿大爱来当说词"安抚自己这种情况的。

超越和得不到，这又是两回事。

人的一生至少有一个家庭环境，就是原生家庭。

也正因如此，我们带出来的问题总是跟原生家庭相关，于是我们需要后天创造新的环境，在新的环境里修复。我们创造新的亲密关系，新的家庭，即便没有结婚，情侣关系其实也是一种模拟的家庭关系，我们希望可以在这个新的"家庭关系"中来满足和修复原来的缺失。

所以，我们对每一份亲密关系都有期待，都希望得到反馈，哪怕最终还是曲终人散，但我们希望从一段亲密关系中离开时，带走的是一个更完整的而不是更破碎的自己。

如果这种修复能力我们自身就具备，我们大可不必进入亲密关系。哪怕我们能力再强，来自他人的修复和反馈，终归是区别于我们自身的修复和反馈的。

但"修复"终归是件辛苦事，所以它需要双方不断调和、适应，真正去听懂和理解对方、体谅对方，而不是各说各话。从某种角度讲，它表面看上去是件"痛苦"的事情，你甚至可能通过矛盾、争吵、愤懑、恼火才能知道问题出在哪儿。这个体验我们当然并不喜欢，但其实只是初步的反应，就像影视剧里演的，一个人得到宝藏时总是要跌落荒谷，你恐惧害怕，你恼怒这是什么鬼东西，然后，你发现了宝藏。

　　我这样讲的同时，也深怕有人听了这个说法后，无论多痛苦都要去挖这个宝藏。很多时候，我们在现实生活中确实想通过自己的努力"感化对方"，但仔细想想，这是不是又进入了"大爱"的轨道？

　　而两性的爱，是小爱，是需要互动的爱，不是要靠一方去普度另一方的爱。

爱的指向性

昨晚睡了两个小时后失眠，在网上刷到一个话题"结婚后的幸福生活"。一共将近2000条分享，分享者90%以上都是女性，之前有句话叫"不幸的人各有各的不幸"，而今见了幸福的人也各有各的幸福。

粗略总结了一下，女性分享的角度基本都是"对方很照顾自己，将自己保护得很好，像照顾小公主""对方会做所有或者大部分家务，人前人后都心疼老婆、怕老婆累到""两个人能玩到一起说到一起，无论自己想法多离谱、行为多中二，对方都能把梗接下去"。可见，女性投射爱的角度多是陪伴、体贴、互动。

而少有的几位男性分享者，基本选的角度都是自己在没房没车没存款的情况下，女方仍然愿意嫁给自己，我特意翻看了下女方的照片，都很好看，看上去面善温婉，然后下面一排留言说："哥们儿，你真幸福。"

可见，男性眼中的婚姻幸福是指天上掉下个七仙女，无论董永多普通多贫寒，一个女人仍然能死心塌地爱慕他，且高看他一眼。

这说法虽然有些绝对，但我猜，大部分男性可能都有这样隐蔽的想法，甚至这种意识是他们长期以来也不曾察觉到的。

从两性过往行为规律来看，男性是更理性评估、更注重客观条件资源的。这里就出现了一个很有趣的现象，甚至是悖论，他们一边渴望自己功成名就获得异性青睐，另一方面却又暗暗期待哪怕自己是个一无是处的家伙，也有女人死心塌地爱自己。

而现实是，绝大多数人难以获得巨大的成就，也很难有一无是处的人被他人死心塌地爱着，男人的愿望两头落空，于是，他们说："女人，太现实了！"

女人，现实吗？

我倒觉得她们太好骗了。

在整个充满幸福甜蜜味道的分享中，有这样一条引起了我的兴趣。

内容依然是位女士写的，大意是说，你看女人多好骗，这些日常里的小恩小惠就让她们以为男人爱她们爱得要死，鬼知道她们口中的好老公背地里都干了什么。

于是下面开始出现一大排举例，比如，一个男人每周两次都要去邻市接送自己老婆，同时把家中照顾得井井有条，但其实他还有情人。

比如，两个女性朋友都夸赞自己老公对自己多么好，而她们的另一位朋友却知道她们的老公正出轨着……

比如我知道的，一位男性朋友早上按时出门晚上下班后立马回家，周末两天在家全程陪两个孩子玩儿。当然，这也不妨碍他在办公的时候溜出去找姑娘开房……还有信誓旦旦多爱自己老婆的男性，其实招惹的姑娘也从未断过。

细数下去，简直是人间荒诞，把前面那些所谓幸福，所谓甜蜜都搅和得寡淡不成滋味。

所有男人都这样吗？

当然不是。

所有男人都出轨吗？

当然不是。

但好像对男性来说，抗拒出轨，抗拒三心二意，对他们来说太难了。

为什么呢？

因为男人的爱，指向性并不明确。他们大多是资源获取型的，这个我得不到，换一个也行，这个我得到了，我还想要另一个。

而女性的爱，指向性非常明确。因此女性更容易陷入爱情，同时也意味着她们更相信誓言，因为她们从内心深处真切地渴望永恒而长久的爱情。

我跟一位男性朋友讲，我说这么一看，男性真是太坏了。

他说你仔细想想，人在年轻的时候，男女两性对待情感的忠贞和热切其实是差不多的，那时候的男人也很单纯，是过了很多年后，他们被社会打磨之后，才变成这样。

男性通过在社会上的摔打，知道生活的摔打比爱情更重要，于是将重心向"强大自身"转移，感情和婚姻成了后勤补给。而女性，因为要走入婚姻，加上生育的投入，则可能将原来外界的重心逐步向家庭内部转移，家庭成了她们的主战场。

两相对比，一边越来越轻，一边越来越重，怎能不失衡？

曾有一位男性朋友跟我讲，他说他确实很爱自己的老婆，而且对自己老婆没有任何不满意之处，但他外面有情人。

我问他，不怕东窗事发吗？

他说，我和我老婆的感情笃定到我们很清楚这辈子无论发生什么，我们都不会离开彼此。

我问他，那你是否想过，你衡量的维度并不应该设立在你们是否会分开，她是否会离开你，而是，如果她知道，她是否会受伤？一定会的吧，你不在乎吗？

虽然我的视角是女性角度，但我坚信，真正的爱是带有指向性的，不是换一个也可以，不是多一个更好，不是这个行那个也行，不是"我即便这么做，他／她也不会离开我"，而是指向的就是某一个他／她，以及"我这样做，他／她会不会受伤"。如果仅仅是不离开，那么纵然有爱，也更像是关系的占有，而保护对方不受伤，才是珍爱。

你的爱是资源获取型还是指向型呢？

你能做到无论自己有什么样的资本和底气，都不会在亲密关系中伤害对方吗？

爱情是无法"证伪"的东西

女人大抵什么时候想放下一段感情呢？

当她觉察到"我感觉对方对我不是真心的"，或者模糊一些，"对方是否对我真心，我也不确定"。

怎么能不确定呢？

说不确定，大抵是不想承认不是真心。

但放下这个过程，可不是一拍两散四个字这么简单。她们总是心存幻想，总是希望对方对自己是有爱意的，所以女人常常把自己推进矛盾的境地。男人来"证真"，她觉得那不是真的，她想"证伪"，而你让她承认"伪"吧，即使是虚情假意，她又想在这虚假中找寻那么一丝真心。

这实在矛盾，所以，女人往往把自己折腾个半死。你看她表面波澜不惊，殊不知内心七上八下已经打了几千回合。

这一点，我自小观察上一辈的女人们就已发现，她们一边控诉自己的丈夫，等到旁人劝离或者评价丈夫们不好时，她们一边又扛起护夫的大旗。从这点看，女人在这方面的表现实在有欠权威，久而久之，这也就成了无足轻重的事，更像是胡闹。

我们常见恋爱里、婚姻里，女人总把"分了吧""不过了""离吧"这种话挂嘴边上，以为这样就占据了主动权。男人通常是不会这样讲话的，但一旦男人把这种话说出口，基本就是铁了心了，而女人三番五次提起，又不付诸实际行动，便显得儿戏，因为像儿戏，哪里还有威慑力？

《流金岁月》里小姨与小姨父离婚，因小姨父脱口说要离，说完又后悔，但小姨却坚持离了，没有感情吗？自然有，真的到头了？也未必，只是小姨说，一个人要对自己说的话负责任。

这话不假，对于男人、对于女人都一样。

但现实里女性往往以为自己掌握了说分手的特权，自己说分手，对方就来哄一哄，这哪里是特权呢？还是儿戏。感情好的时候且当情趣，感情不好倒更显得无聊。男人把说分手的权利看似给了女人，其实就是蒙蔽。

因为爱情要么双输，要么双赢，哪里会一方赢了另一方？

男人与女人之所以有那么多矛盾，就是因为他们从根本想法上，从最终目的上，从操作路径上，完全不一样。女人认为，你为什么不能按照我喜欢的方式来爱我？而男人则想，我都已经尽力了，你还想怎么样呢？

一段感情能持续且平稳发展，必须得相互满足，一旦一方不满，就显得失衡了。然后，开始暴露各种问题，最常听到的"是不是不爱？""是不是不够爱？"这些问题往往都是女人向男人发起，对比之下，男人好像不大在意这个事情。

为了验证"爱与不爱""够不够爱"的疑问，女人开始折腾，开始自我拉锯。就像前文所言，一个女人评价自己的伴侣时，完全可以给出两极的评价，不知道的还以为是在说两个人，但女人就是这么自我矛盾。

之所以矛盾，还是因为不甘心。

某天夜里，一位女友打电话给我，描述她与一位男性的进展，听上去"食之无味"，可能连"弃之可惜"都达不到，旁人一看就没有必要纠结，但在其中打转的人却转不出来。

我说你不妨问问自己，你真的那么喜欢对方吗？还是你只是怄气，觉得对方竟然不像你以为的那样对你上心、喜欢你？

答案当然是后者。

还有一个有趣的现象，你意难平的对象，往往是身边那个并不算优秀的人。试想一下，一个比你优秀很多的人，甩了你，你可能安慰下自己就过去了。但如果对方不如你优秀，你反倒更上心、更较劲，"他都不如我，凭什么甩我？凭什么不够喜欢我？凭什么不珍惜我？"

当理智归位时，我们应该很清楚，如果这两个分手摆在面前，我们当然要力挽狂澜地对第一个，但事实是，我们往往对那个不那么好的人更较劲。

也就是说，此间在发挥作用的，并不是我们的情感，也不是我们的爱，而是我们的胜负欲。

女人们在一起聊感情，总是容易探讨男人们到底是不是真心，有几分真？

但说到底，爱情里的真假，你无法像审讯犯人一样审讯你的伴侣，正因为无法进行这种审讯，所以往往都没有个水落石出的结果。

当然，如果你足够固执，也一定有个水落石出。

但这样的收场是我们需要的吗？是我们渴望看见的吗？

人与人之间如果是真心，自然会感知，一个人心心念念对你好，哪怕不尽如人意，哪怕有些失误，你也会知道的。而那些我们需要找理由去证明的真心，往往说明我们并不信任，那这不信任的根源是什么？因为对方不是个值得信任的人，还是因为我们有被迫害妄想症？很显然，是前者。

因此，如果你在一段情感中感到不舒适，其实是不需要真里证伪或者伪里证真这么麻烦的，不如问问你自己的内心，你到底要靠什么继续下去，靠不断反复的肯定或否定？这样的感情未免太累了。

不如把手摊开，如果你愿意相信那是真的，那就坦然承受"信任"的后果，如果你多半认定那是假的，更没必要在这伪中求真，不要跟自己说"难道对方就没有一点真心吗"。人非草木，孰能无情，就算再虚假的人可能也有那么真心动容的一刻，但这仅存的一刻能喂饱你吗，能平复你吗？这是你心心念念的爱情归宿吗？

我们总问"为什么在这段感情中感到不舒适"？换个角度，或许"不舒适"并非问题，而是答案。

两性之爱

………

"女人对于男人的爱,是她们的天命。而男人对于女人的爱,则是恩赐"。

即便我们不愿承认,也不想认同,但现实里的故事往往都证明了这一点,所以才有"易求无价宝,难得有情郎"。

无价宝易求?

并不,无价宝就很罕见,求得无价宝就很难,可见有情的男人更罕见,更难求。

为什么我们不说"难得有情女"?

因为,女性往往都多情且深情,这不是什么罕见的事情,也正因如此,一个性别群体多情又深情,一个性别群体寡情又现实,所以从感情的角度讲,往往都是女人受伤。

因深情的女人并不罕见,以致对于男性来讲,获得女性的情感和相关的一切都很容易,所以他们可以不用对女性那么上心。这是千百年来对于女人"二十四孝"式教化的结果。

当然,也离不开最根本的生存因素,过往女性要通过与男性缔结婚姻才能安身立命。

在网上刷剧看《大江大河》,跟朋友感慨,雷东宝这个男人真不错。因为他是真的懂得爱女人，而且身体力行地爱。他性格粗鲁急躁却对宋运萍温柔体贴，他自己是个大老粗却支持宋运萍学习，连在传统的生育观念上，在那个年代下他都能做到尊重宋运萍意见，且在自己母亲面前直接表态，婆媳之间有矛盾他也都是当面表态从不和稀泥。他婚前婚后对宋运萍一样好，没有因为所谓的"得到"就变了脸，哪怕再忙，也要早晚接送宋运萍去县里的电大去上课。

这种爱，质朴又真诚，是真正的伴侣之爱——我与你不同，但我尊重你为你着想，且尽我所能对你好，而不是我们习惯了的一个男人得到了一个女人。所以它让人动容。

就在我感慨雷东宝的爱很真诚的时候，数集后的剧情是宋运萍因为意外大出血死了……

当然，我理解这是编剧安排的戏剧效果，但从更深一层来说，是不是因为我们觉得太被爱的女人都不长命，这就好比她们中了一个宇宙超级大奖，与此同时就一定还有一个"平衡事件"在等着她。正如我们常看到的，影视剧里太过恩爱的夫妻往往都要有一方早逝。

从这个角度讲，是不是我们潜意识里既迫切地渴望着两性之爱，同时又惧怕着它的存在？

我想，我们大概是惧怕它的。

"伤心桥下春波绿，曾是惊鸿照影来"是陆游75岁重游沈园悼念原配夫人唐婉时所写。而历史上的真实故事是唐婉嫁给陆游一年后，两人和离。

只因小夫妻关系太好，琴瑟和鸣，陆游母亲认为自己的儿子耽于情爱，会影响其壮志前程。

小时候看《红楼梦》觉得林妹妹好惨，大家为什么要联起手来欺骗她和宝玉？不是贾母之前也希望他们在一起吗，不是宝钗和薛姨妈也希望他们在一起吗？甚至薛姨妈还想给这门亲事说媒，而最后，香消玉殒曲终人散，嫁给贾宝玉的却是薛宝钗。

如果贾宝玉和林黛玉象征的是两小无猜爱情至上，那么贾宝玉和薛宝钗则象征着宜室宜家门户相当。

在我们传统的婚姻观念中，门户匹配、利益共荣要比情感重要得多。这个观念到今天依然影响至深，所以总还有人念叨"大丈夫何患无妻""儿女情长英雄气短"之类箴言，在自己情感受挫时给自己打一剂励志强心针。

常有女性朋友跟我感慨，交往中频频觉得对方没有诚意，好像这个关系可有可无一样，从女性的角度这说明什么？说明这个人不够爱你。

这当然是一个原因，但可能不是根本原因，根本原因是他们觉得根本不需要那么爱女性。

如果男性在不需要付出很多爱，不需要付出什么实际行动，不需要付出很多努力的情况下，依然可以获得女性的爱，那他为什么还要努力去获得一个女人的爱？他们只需在每次锁定目标的时候，展现一点"类似在爱"这种讯息就可以了。

毕竟，对于某些男性来讲，错失某个异性的爱，对他们而言也算不得什么损失。

所以，同样是爱，在男性世界和女性世界中的比重是相对失衡的，两方并不对等。女性更依赖爱，一是情感心灵上的需要，一是在她们的人生价值排序中重要。大多数人接受的教育是女性的婚恋价值要排在个人价值前，甚至她的婚恋价值就是她的全部人生价值。

"人生伴侣"这个说法，我始终觉得针对当下两性关系的境况太过现代。或者说，在任何时代背景下，真正理解什么才是"人生伴侣"的关系始终是很先进的认知。虽然我们已经习惯了婚礼宣誓时的郑重承诺，但当回到现实中，我们可能根本忘了"人生伴侣"这回事，取而代之的是家庭协作者。

这两者的区别是，后者需要解决现实里的实际问题，而一旦这个实际问题得以解决，也就没有什么问题再值得讨论了。而"人生"的宏大绝不仅仅是指应对现实麻烦那么简单，从某种角度讲，它有很多层次的需求，从而产生更多层次的问题，比如关爱与认同，尊重与理解，欣赏与共情。

当一个女人爱着一个男人时，她是具体地爱着这个人。因为爱，所以这个男人区别于其他所有的男人，无论他是否足够优秀。这就是爱最本质的认同。

而男人对女人所言说的爱，并不是这样一种爱。更多情况下，他们只是为了安抚和满足女性。因为不是针对某个人的爱，所以这种情感冷静而现实，它的真相不是因为爱一个女人而诚心地选择这个女人，或者说是因为要选择这个女人，所以要想想自己如何做才能得到她的青睐。男性对待女性的态度是，我要在这个性别群体中选一个，至于是哪一个，其实都可以。他们的诉求是被满足即可，而不是真正建立共同成长的两性之爱。

这就是为什么女性总是感觉在情感中男性诚意匮乏，而男性往往也不能理解为什么女性对情感的诉求有那么巨大。男人笑女人不理性，女人气男人太薄情。

　　女性强调爱的重要性，因为女性可以凭借爱生长得更加强韧，并且她们坚信这对所有人都是一样的。

　　说到底，无论男女，当我们置身于一段感情之中时，只需要上心一些，认知就一定会因此而改变。这时，我们就会发现，爱就是一件很重要的事情。

亲密关系的作用

绝大多数人都迷恋亲密关系，否则，不会全世界各个角落每时每刻都有爱情发生。

亲密关系一旦出现，就像一道彩虹，总让人觉得兴奋而沉溺其中，那么，我们到底为什么如此迷恋亲密关系呢？

因为亲密关系中所展现的那个你，可能是你最享受的那个自己，注意，不是最好的那个自己，甚至不是你最喜欢的那个自己，但却是你最享受的状态。这个状态或者说这个你，可能不好，可能不对，也可能很隐蔽，平日于人前不会表现暴露出来。就像你有一个盒子，你一直把他关在盒子里，直到亲密关系出现，你觉得，"哇，我可以打开这个盒子了"。

盒子里装了一个与平常完全不一样的你，这世上只有你知道他的存在，连你的亲生父母都不知道，你最好的朋友也不知道。现在，多了一个人知道，你像展示玩具一样把他搬出来分享给对方。

当然，这个"你"也有可能会吓到对方。

但在对方能够接受的情况下，这世上有了一个人成为你的专属观众。于是，你甚至兴奋得越玩花样儿越多……

朋友曾问过我,在亲密关系中,对方做什么事我最开心?

我仔细想一想,竟不是对方制造什么惊喜浪漫的时刻,也不是送礼物的时刻,而是我不开心的时候对方抱起我举高高,我不开心的时候一直拍我的头的时刻。这些其实都是小孩子需索的东西。

这个需索,并不特别也没有难度,但作为成年人其实在现实里常无法被满足,直到亲密关系出现。

我为什么会需索大概五六岁孩子才需索的东西呢?

因为在我的成长过程中,父母的角色是缺位的,他们长年不在我身边,所以在我的界定里没有第一重亲密关系,也就是来自父母的最原始的关爱,它非常原生,就像哺育幼鸟一样原生,但即便如此,这在我的成长中依然是缺失的,取代的是祖辈对我的关爱。

仔细想来,二十几岁时的我都依然会到爷爷腿上坐着,其实是爷爷在我成长过程中充当了"母亲"的角色。

近几年,爷爷老了,他的腿再禁不住我的重量。由于与父母的陌生,在父母面前我不会表现亲昵,所以,我与人的亲昵再没出现过。

直到情侣出现,我知道身体里始终藏着的、那个五六岁的我,又可以放出来了。

与其说我们建立亲密关系是迷恋对方,不如说,我们是迷恋那个在亲密关系中的自己。

这像一个隐蔽的角色扮演,你知道你很想扮演这个角色,但在人前,它是不合时宜的,而现在出现了一个人,给了你机会让你呈现这个角色,所以你欢天喜地地依赖他、喜欢他、怕他离开,因为你怕你的这个隐蔽状态又必须被关起来。

爱情之所以区别于其他的情感，从某种角度讲，它代表了一种秘密。正因如此，它无比诱人，它可能没有亲情那样高义，也没有友情那样笃定，但只要它一出现，人就会在情感体验中达到峰值，因为它有区别于日常情感的隐蔽。

这种隐蔽，甚至有一点"病态"。但你没有想过去疗愈它，比如我始终允许自己体内那个5岁的孩童存在，只是，在正常情况下，我不会让她出来做我的代言人。

那她会不会长大？

会不会有一天也长成大人，不再因为早年的缺失而过度迷恋这些孩童般的需索？

很遗憾，我不得而知，但我不会强行要求她长大。

其实每个人身上都有这样的一面，无论男性还是女性，我们常说的所谓"孩子气"，它不仅仅是撒娇，而是一个成年人来自记忆深处的需索，这个需索可能来自5岁，10岁，15岁……有一天，你遇到一个爱你的人，你希望对方看到你身体里其实藏了不同的你，带着的需索，而不是表面看上去那么简单统一。

我在一个帖子里看到一位女士的描述，她已经结婚多年，让她觉得安慰、开心的是她在丈夫面前，可以一直做个"小女生"，虽然在外面她需要亲力亲为、单打独斗，但回到家庭内部，她可以做"小女生"。

这里，需要具备几个重要的认知前提。

第一，是当事人要知道自己在正常情况下，应该符合自己的日常人设；

第二，是当事人知道自己在特定情境中，可以切换特殊人设并使对方接受；

第三，对方要知道即便另一方在自己面前表现特殊人设的一面，但那不是全部的他／她，所以不会因此真正有损于伴侣在自己心中的形象；

第四，对方对于这个人表现出来的特殊人设要给予接受、理解，甚至支持、喜爱。

不管一个成年女性表现得像 5 岁孩童，还是一个成年男性表现得像 10 岁孩童，假如在伴侣关系中，另一半的反馈是表示反感、不理解，甚至厌烦、贬低，那么这段亲密关系一定会出问题。

你是对方最信任的人，你让对方把他／她最想展现的那个自己关回小黑屋不要再出来。

真是想想就够伤心的。

所以，我们有一种说法是，在伴侣关系中，我们通常要扮演对方的伴侣、老师、朋友、家长以及孩子。

这就是亲密关系有别于其他关系的最为关键之处。在其他的关系中，我们都不需要如此全面地扮演这些角色，也正因如此，伴侣之间亲密关系的经营总是要比其他关系更难。

我在网上看到一句话，深表赞同——"我们以为自己想要的是性生活，但其实并不一定和性有关。我们想要的是亲密关系，被喜欢的人抚摸，被喜欢的人注视，被喜欢的人欣赏，和喜欢的人一起欢笑。感到安全，感到有人真正拥有你，这才是我们渴望的。"

嗯，这才是我们渴望的。

仪式不是爱，自愿才是

去一位女明星的工作室做客。她是一位老牌艺人，已经年过60了，身姿挺拔，看上去依然一点赘肉也没有。言谈温柔，说话轻轻缓缓的，然后她说到她跟先生结婚30多年的状态。

每天早上她会先起来，给先生煮一杯咖啡，除了两人不在一起时，否则30多年雷打不动。

有一次她生病住院，出院后第二天清晨起来第一件事还是给先生煮咖啡。她说："那一刻我在厨房里等着水烧开，有那么一瞬间，我很感动。"

她的另一句话是："女人要有女人的样子。"

这话放在当下，年轻女孩听来可能十分不爽："凭什么女人要有女人的样子""什么样子才是女人该有的样子""凭什么就得我起床给他煮咖啡，而不是他起床给我做早餐"……

我的工作不需要起得太早，所以我每天大概九点起床，自然也没有吃早餐的习惯。

有段时间短暂交往了一位男友。他住在我家时，第二天早上我就会起来做好早餐，陪他一起吃完。

我能明白这位女明星的意思，爱是自愿，是"我想对他如此"，而不是"我得对他如此"。当你心里对一个人没有爱时，我们判断的潜台词就是"我凭什么对他如此"。

喜欢一个人，爱一个人，对一个人好，讨一个人开心，都是自愿，而不是一个必须完成的仪式。

我很讨厌男女在一起时，以性别划分"什么是男人该干的事""什么是女人该干的事""什么是做人家的先生该干的事""什么是做人家的太太该干的事"。说到底，在对应的身份关系里，我们应该做什么，其实是对自己的要求，而不是对他人的要求，更不是他人对我们的要求。

如果一个男人认为跟我交往我就该每天给他做饭，该更早起来给他煮咖啡，我大概会希望他出门过马路时好运气，但这不妨碍在一段关系中，我会自愿地为对方煮咖啡、准备早餐。

每天早起准备早餐是个仪式吗？

是的，但我不认为它是一个"应该有的仪式"，而是它本身是两个人感情状态的一个体现仪式。当你不再自愿地不辞辛苦为对方做什么的时候，说明这段感情也就要结束了。

彼此相爱的人，从不会计较，而对于那些开始计较的，说明这个"爱"正因为某些原因在走下坡路。

因此，我并不十分认同那句话"爱情经不住考验"。

考验并不会让一段原本很好的爱情走下坡路，它能阻断的，是一段原本就在走下坡路的爱情，只是考验来了，让这个"缘灭"加速罢了。

我前面写了一篇文章，说爱情是无法证伪的。

事实上，在我们的生活中，太多事情无法证伪。即使可以，我们也没有必要像查案举证一样去分个明白，很多时候，我们心下隐约地清醒着，然后选择不了了之。

在这里我要说的一个观点是，如果一个人珍视一段感情，就不要动任何的歪心思，因为亲密关系里的人彼此都是非常敏感的，如果有一方动了歪心思，另一方很快就会察觉到，那么接下来，这段感情就只能开始走下坡路。

爱情过程中的不良反应并不是两人之间会产生矛盾，而是因失望带来的疲惫和厌倦。

终结一段感情的，从不是外界的考验，而是当事人心底是否有对对方失望。

如果你失望了，你是没有办法再兴致勃勃地早起去给对方煮咖啡的，甚至连想见面的心情都越来越淡薄。

傅首尔在短视频里说过一段话："很多人说感情好，前3个月不算，过一年再看。"

两个人热恋时，彼此看对方是开了高度滤镜的，经过一年的磨合、了解、摔打，大概知道这个人不开滤镜是什么样子了，那个时候再来评估下，不开滤镜的对方你是否能接受。

不要以身份关系去设置一个仪式，真正的爱，都是自愿的，而能长久维系的爱，则是自愿燃烧自己给对方光亮。

到底是什么在破坏你的亲密关系

处在亲密关系中的两个人,走不下去了,因为什么呢?

外界的考验?压力?性格不合?激情褪去?

我们往往会说是因为这些原因,但这些,不过是表象。

真正让一段亲密关系走不下去的是"算计",一方开始算计另一方,或者彼此都在算计。

我身边有位"90后"的姑娘,原本都已经订婚了,结果因为订婚后男方家的一通算计,闹得两人一拍两散。

女方家很明理,嫁女儿准备了嫁妆,要求婆家出的彩礼钱跟嫁妆一样多就行,大概双方各出20多万元,女方的妈妈想让两个年轻人用这些钱在他们喜欢的地方付首付买个小房子(因为双方都出了钱,房子就是两人共同财产)。而男方家的态度则是,男方家自己付首付买房子,首付的钱折合成彩礼就不再另出钱,女方直接带嫁妆嫁进来(女方带了钱嫁进来,房子却是男方一方的婚前财产)。

明明是一件好事,却因碰到了钱,男方家就开始算计了,姑娘家又不傻,面对这样的婆家,早早逃掉不嫁也罢。

姑娘跑来跟我吐槽说:"姐姐,你说他家怎么会这样?"

我问她两人交往多久了，姑娘说有3年了。

我说你俩在一起，基本没有发生什么大事情尤其是钱财上的往来吧？姑娘说是，两人就是约会、谈恋爱、吃吃饭，买些小东西也都是随手买。男方平时爱做饭，总给她做好吃的，家务也是男方做得多，因为男方长姑娘几岁，姑娘觉得他对自己还挺好的。

我们常说一句话"交一个人，得过事儿"，就是要看一个人人品如何，看一个人可交不可交，得两人一起经历些重要一点的事。

如若不然，你认识一个人哪怕10年，通过吃吃喝喝、玩玩闹闹这些表面交往，你也是看不出一个人品性的。

我们总以为亲密关系就一定是深入交往，但其实未必。现代人会快速进入恋爱关系里，也会快速出来，甚至整个过程可能连对方身份证上的姓名都不知道。

有人说人到了一定岁数会练就"火眼金睛"。

其实也不是。

你想想，一对20岁的小情侣谈恋爱整天面对的是什么呢？打情骂俏，这会儿吵了那会儿好，而假设是30岁的一对情侣谈恋爱要面临什么？恐怕很实际，是要谈婚论嫁的，那就很快会跟各种实际的事扯上关系，因为大家要列个清单摊开来算一算。两边都体面、有诚意还好，但凡有一方在这时候开始算计，这段关系的底子基本就毁了，什么时候爆发，不过是时间问题。

你跟伴侣吵架、闹别扭，甚至相互说老死不相往来，但凡感情还在，其实都能挽回，并且这些冲突也并不真的会对这段感情造成什么震荡，所以那么多伴侣吵了好、好了吵。吵架是因为有矛盾，有矛盾是再正常不过的事，两个彼此差异那么大的人突然紧密地生活在一起，进入对方的生活和生命中，怎么可能会没有冲撞？

冲撞，是亲密关系的一个自然现象。

如果两个人将彼此看作一个整体，那么就会以"我们"的角度来解决遇到的问题和矛盾，他们的角度是一致对外的。

也就是说，虽然有冲突，但并没有什么实际的伤害在折损这段感情的内部能量，甚至因为外界压力，反而将两个人拴得更紧密，感情更牢固也说不定。

而一旦两人关系中的视角变成了"你是你，我是我"，那就意味着开始各自为营，只关注自己的得失利益，为了利好自己不惜损害对方。

这在亲密关系中，是最容不下的事情。

我们并不在意在一段关系中对方带给我们的是好消息，还是坏消息，是带来了好处，还是制造了困难。这其实都不是重点，并不是带来坏消息、发生坏事情的关系就不是一段好关系。我们真正介意的其实是，你是以什么角度、什么立场带来了这个消息，是把"我们"看作一个整体共进退，还是从一开始就已经"你是你，我是我"地绞尽脑汁彼此算计。

不花心思算计别人，尤其不会算计身边人的人，大抵可以算得上是一个心思纯正的好人了吧。

所以，在一段亲密关系中看一个人是好是坏，未必是他做出了多伤天害理的事，而是你明白了他的算计，于是你知道这个人人品不行。

那些在治愈你的，或许正在欺骗你

在各个平台，我最不喜欢看见的就是各路"情感专家"，因为这个"专家"群体，实在水分太大且质量不高。

首先，情感没有专家。情感是两个人的事，你只能修习你自己的，但你没办法把控对方的反馈，如果有人教你操纵对方的反馈，这恐怕要上升为我们所说的PUA（情感骗术）了。

其次，好的情感是棋逢对手相互激发。你一个人想得再好，学得再好，依然就像在纸上列公式，实际生活里连在哪验证都不知道。

那些"情感专家"多以什么套路出现呢？

要么上帝视角鼓励你、肯定你"每个人生命中都会有命定的那个人，你的真爱只是来得晚些，他在寻找你的路上"，要么导师视角点醒你"为了感情你还在做这些，你的力气都用错了地方"……如此种种，每每看到，我都觉得荒诞得很。

相较这些人，更可靠的是一个资深律师来告诉你在婚前、婚内以及离婚时如何保护好自己的财产。

我为什么反感这些说法？

因为这些说法的逻辑是"如果你做到了A，那么就会迎来结果B"，所以这些人在卖力兜售他们口中的所谓路径A，营造一个理想结果B，让你以为这两件事是在一条线上。至于B能不能实现，什么时候实现，这些专家知道个鬼。

女生最喜欢听的大概就是"你的真爱在路上"，那之前呢，一把年纪了你没谈过恋爱吗？谈来的都是什么样的人没看到吗？怎么下一个就注定是理想先生、此生真爱了？

说不定下一个可能也不是什么好人。

还有人鼓励你说"真爱与年龄无关"。不，太有关系了。

最与真爱有关的是运气。就是我前面说的，你准备好了，你学习好了，但是，你可能碰不上，遇不着。这时候有人安慰你说一定能遇到，那个人一定会来。多治愈。

另外一个与真爱有重大关系的，就是年龄了，不是说你跟对方有着多少年龄差，而是你年纪越小的时候越容易相信自己遇到的人就是真爱。当然，事实最后也都告诉你了，那只是一段平平无奇的感情。

与其想着真爱什么时候来，不如想想，为什么真爱迟迟不来？

不是缘分，不是你够不够好，够不够虔诚，而是基数之下核算出来的适配概率。

真爱的前提是，你遇到的人得既懂又愿意，并且，是双向奔赴。

这几个要素，都是稀罕玩意儿，哪里是这世上有一个好女人就应该对应有一个好男人来爱她。

百分之九十以上的女性都是期待真爱的，而期待真爱的男性恐怕百分之十都不到。这样悬殊的落差，怎么碰到他们？不可能碰到。

那些原本好好的女人们偏要活在一个"等爱"的幻想里，除了情感诉求外，还有一个更致命的问题是这意味着她们始终心存侥幸，她们认为自己人生最亲密可信、最值得依赖的是一个男人（甚至还在幻想中），而不是自己。

这种话我常常在女性口中听到，她们处在人生低谷时，都想着有个男人可以依靠该多好。

我们将这个问题反问过来，一个男人在自己人生低谷时，会不会想着要是有个女人陪着就好了？

他们恐怕没这个闲心。

他们会找对自己最有效、最有利的人帮忙，而不是指望所谓一个亲密的女人。

所以，在各自的人生课题里，男女有各自解决问题的方式。

明白这一点之后，可能那些困扰我们的、失衡的存在与比较也就自然而然地消除了。

真爱或许是绝大多数人的幻想，这并没有错。

错的是，有人认为，它是极少数人的运气。

假性亲密关系

你可能已经谈了很多段恋爱，但这不代表你已经学会了爱人。

爱情和爱是两回事。现代人的性开放，两性关系最开始燃起的其实是情欲，对方外形条件较好，其他方面表面也没有发现什么问题，对了眼缘、有了兴趣，便有了情欲。

不管我们承认与否，在当下的恋爱模式中，情感往往是在情欲后出现的。

这很正常，两人有了肉体的亲密后，开始迅速地磨合，两个人的接触和交流进入高频提速期，也就是我们说的3个月的热恋期。

说是热恋，其实还是情欲在主导，情欲燃烧的热情，带来了感性和好奇。

很多人会发现，恋爱谈两三个月谈不下去了，甚至谈了一两个星期就谈不下去了。

原因就是你在没有跟对方有肉体亲密之前，有些事并未真正地暴露出来，未必是对方刻意掩饰，而是关系没到这一步就还没有这个机会展现。

西方一些国家男女的交往是先有肉体关系，之后可以发展成朋友、路人或者情侣。这种模式也正在被我们接受。

我的一位女友讲，她说这样发展来的关系没有那么多消耗，我们原来的传统心理是"我在意，发现不合适，我失去"，而这种后确认关系的模式心理则是"我不在意，发现不合适，我也没失去什么"。

情欲和情感是两回事，如同爱情和爱是两回事。

你可能长时间对一个人有情欲但没什么情感，你也可能跟一个人谈恋爱却不爱对方，因为情感的滋生和积累需要相处，除此之外，更需要彼此认同。

如果你跟一个人只是生活距离上亲密，但是完全不认同对方，那么你就不会爱上对方。

两个人可以在一起做任何爱人之间做的事，但那不代表真正的爱发生了。

我们所说的现代人承诺的精神越来越淡薄，其根本是，我们只是看上去有了恋人的亲密关系，但真正的爱并没产生。

没有爱产生，我们又如何向对方开口承诺？

那本来就不是我们的本意。

所以，会有人谈很多场恋爱，交往很多个对象，但依然没有获得爱。然而当事者往往没有意识到这一点，还是不停地换交往对象，寻找爱，或者理解成"爱情不过如此"。

这样的爱情只能是生活的调味剂，甚至连调味剂都算不上，又如何成为生命的主旋律？

我们真正期待的爱，以及能够给我们人生莫大支撑的爱，是可以成为生命主旋律的爱，而不是仅限于肉体的亲密或一点点情感的依附。

爱的产生不是容易的事情。

它包含几个层次：付出、认同、意愿，缺一不可。

比如我们的父母对我们有养育之恩，但未必所有亲子关系里都有爱，因为它往往只包含了付出，并不包含认同和意愿。

我们传统模式下所认为的夫妻之爱，往往也只是停留在了付出这一层面，彼此有恩等同于彼此有爱。

而今天，我们去细究爱的内核是什么，根本是什么，就会发现，很多人向往的爱其实并不是表面的亲密，它更是一种心灵上的共鸣而不是看上去缔结的关系。

人与人需要相处，相处过程中需要付出，如果一段关系里始终没有人付出，或者只有一方在付出，那么它基本会在接下来某个时刻很快地断掉。

在双方付出的过程中，通过对方的反应，我们判断给予彼此和一段关系的认同，难就难在人与人之间的深度认同其实是罕见的，因为它排在意愿前面。

我们难以说"我想认同一个人，所以我认同了这个人"，因为我们基本做不到这一点。

因为我们没有驭心的能力，我们往往在对对方深度认同后才会产生明确强烈的意愿，从而滋生出承诺。如果没有认同这个环节，后面自然难以产生意愿，就算说出来的承诺，也不过是随口敷衍。

在这里，我要说的是，虽然理想状态下，每个人都应该追求深层次的爱，因为它对人类生命是种根本力量的滋养。

但在现实中，有这种诉求的人并不多，非常明确的只是少数人。

而这样的人，在现实中，就很容易受挫受伤。

我们要明白自己追求的是一种很难、很罕见的情感，所以它在现实里很容易落空。

如果你怀着这样的期待，那么应该再多问自己一句，能不能承受这种落空，如果反复落空或者你期待的始终没有发生，你怎么办？

你要改一改初衷吗？改，还是不改？

我们都是好的自己，但在一起却未必是好的

前几天，我的一位男性朋友给我打电话讨论"灵魂伴侣"的问题。我这位朋友实在可爱，他是我所有男性朋友中唯一一个想要寻找"灵魂伴侣"的人。跟他的执着相比，我甚至都觉得自己在堕落。

显然，我们都没有找到自己的灵魂伴侣。

我跟他说："你看，我们20年的交情，做朋友是好的，你欣赏我，我也欣赏你，你认同我，我也认同你，但如果变成情侣，可能撑不住一个月就分手。说明什么问题？或许找不到灵魂伴侣并不是人本身的问题，而是关系本身的问题。"

我们各自都是好的自己，但与他人做伴侣，却未必是好的。因为绝大多数的伴侣关系都意味着打破重组，双方越是自我的人，对于这种重组接受起来就会越艰难，而那些本身自我很强，相互遇到就十分契合不大需要冲撞磨合的情况，真是太罕见。

如果我们长久以来所设置的关系模式就是充满矛盾的，那么放在里面的人，就很难和谐。

金星在有一期节目中讲中国的婆媳关系，她给出了一个角度，这个视角我之前从来没想过。她说中国的婆媳冲突是难以调和的，

因为根本的出发点是"婆婆角度是我要关心我儿子；而媳妇角度是我希望老公关心我"。要想经营维护好夫妻关系，男方就要多付出，而从婆婆的角度，心疼自己儿子，觉得没必要为了媳妇那么辛苦，所以婆婆并不希望自己儿子花费更多心力在夫妻关系上。"既然你嫁到了我们家，你就得完全按照我们的角度来考虑问题，而不是考虑你自己"，这就是大多数中国婆婆的思维方式。

我们一直在讨论的是：婆婆是恶人，还是媳妇是恶人？而事实是，或许她们都不是，而是长久以来我们对于家庭结构的理解和适应放到今时今日的情境下，可能都不再适用。

同理，如果我们把"灵魂伴侣"说得通俗一点，拆解得明白一点，它包括什么？

两人之间三观相同，这取决于各自原生家庭的环境和教育，也取决于当事者后天的境遇以及对于自己的刻意塑造。

两人情趣相投，也就是除了理性重叠外，两人之间还要有专属于这段关系的乐趣。这是感性上极大的挑战，正确和爱不是同一回事，认同和快乐也不是同一回事。

如果说情趣是为了两人日常生活更有趣，那么还有一点则是在面临重大问题时，两人给出的反应应该是对方期待的。李清照和赵明诚"赌书消得泼茶香，当时只道是寻常"的夫妻情趣，时至今日依然被大家引为理想夫妻的典范。但从赵明诚弃城逃跑这件事开始，两人之间便割下了天堑。从儿女私情讲，赵明诚在这件事上没有伤害李清照并且认为保命是人之常情。但从文人气节、大夫理想来看，李清照对于自己丈夫的行径深感失望。

所以，"灵魂伴侣"拆解开来，就是我们不仅在现实层面非常契合，在理想和思想层面也要认知一致。也就是满足灵魂伴侣的几个层次：现实、思想、见地、心性上都要达到高度统一才行。同时，还要彼此之间欢喜，有超出对其他所有人的热情和乐趣。

如此一拆解，哪里去寻？

即便很多人在各自情形下都是好的，但放到一起，依然不能相容。当我们不能相容的时候，我们大概不会想或许是这关系本身就充满挑战和矛盾，而是非常容易一时激愤把过错都归咎到对方身上，于是对方明明由一个很理想的人，变成了一个令自己理想破灭的人。

我始终认为"灵魂伴侣"是罕见的，现实里好一些的伴侣关系，它起码应该是双向奔赴的情感，彼此看重、彼此爱惜。能做到如此的夫妻，也是旁人眼中羡慕的神仙伴侣了吧。

Restart Life

生活总是需要一点甜
让自己心情好一点

Restart Life

难得空闲的周末
在家晒太阳、画画
无所事事也很好

Restart Life

不要太迷恋"青春"
只有让青春过去
才会迎来成熟

Restart Life

如果给自己的生活状态打分
我大概会打 90 分
扣掉的 10 分是体重超重和不运动

第三章 身为女性你要先了解自己

身为女性，光实现了个人独立，是不够的。你同样要有目标、有野心、有格局、有担当，并且要尽早地明确这些。人生责任的下半场，不仅是你自己过得好，还要照顾好身边的人。对日渐老去的父母，对同舟共济的另一半，对蹒跚长大的孩子，包括你的朋友、你的团队，甚至对这个社会，你都要有担当的意识和能力。

生活不会因为你是女性，让疾病、衰老、变故、低谷绕开你走，只有当你做了充足准备，有足够担当时，你才能承接住这些，才不会在遭遇这些时无助地想"我该怎么办""要是有人帮帮我就好了"。

什么是"女人的位置"

《大明宫词》里女皇武则天有句台词值得玩味。

"不管什么样的男人，雄壮的还是娟柔的，只要你把他放在女人的位置上，他就是个女人……"

我不禁细细地想，什么是"女人的位置"（仅指传统观念下）呢？

大抵是弱者，或者更确切点说，自认是弱者。

自认是弱者，所以要寻求依托，依赖他人生活，无论从客观条件还是主观条件来讲，至少古时的女子基本都是如此。当然，也不乏几个"另类"，但那毕竟是少数。

而一个有趣的现象是，在当下，我们好像总在吐槽女人越来越强，而男人越来越弱。

我想说说这背后的几个重大变革：

首先，传统观念的"男尊女卑"基本已被敲碎，虽然还有人秉持这些思想，但显而易见它正在被整体性颠覆，也就是从性别观念上来说，男性所带有的"天然优越感"正在逐渐失去滤镜效果。

其次，随着现代社会女性开始工作创收，女性在经济自足方面越来越能满足自己，因此也就越来越少有"嫁汉嫁汉穿衣吃饭"的说法出现，女性对男性的生存性需求在不断降低。

最后，现在很多女性是独生女，如果家境好的话会从父辈那里继承财产，另外一些女性自身比较优秀。相对而言，可能很多女性反而更显得是"有产一族"。

而我们清楚，在过去，"有产一族"只能是男性。

《唐顿庄园》里伯爵要把家族的所有财产传承给他的远房侄子，而不能给他的女儿，因为女儿们没有继承权。

但当女性开始继承父辈的财产时，意味着过去男性百分百继承的比例在减少。同时，当女性意识到应该活出自我时，她们更注重自我价值的实现，而不是去拿自己的付出或自己的价值填补到男性身上，作为男性的增分项。

当女人逐渐分走了她们应得的财产，并且在两性竞争中越来越占有一席之地时，我们看到了来自男性显而易见的"虚弱"。

但男性的虚弱与女性的虚弱却又是不同的。

比如在两性关系里，女性的虚弱是自下而上的。

女人们自认自己是弱者，所以她们愿意高看男人一头，愿意认为他们是有见识的、强大的、可依靠的。

而当男性处于弱势时，他们却不会这样看待女人。

哪怕，他所面对的女人真的比他优秀很多，但他们从心理上很难接受一个女人是比自己强大的。

男性保持着身为男性的"原始自尊"，但事实上他们的客观地位在不断下滑，这给男性群体造成了一个巨大问题，也就是常常被大家嘲笑的"普信男"。

我的一位女性朋友曾在相亲过程中遇到一位男士。

这位男士40岁左右，在京工作，没有任何资产，带着父母租房同住，年薪约为30万元。

该男士言简意赅，表示希望能找个在北京有房的女人结婚，年纪最好不超过35岁，交往一年内结婚生子，且能接受与父母同住。

这位男士大概没有明白，他是否有足够能力在北京落地生根是他自己的问题，他想一年内向父母交差完成传宗接代的任务也是他自己的问题，他想把父母带在身边赡养依然是他自己的问题。

按照他的要求，现实点说，女方需要出一个子宫、一套房子、家庭决策权（在自己的屋檐下恐怕很难自己说了算，毕竟，人家可是一家人）。

这情节听来跟电视剧里的狗血剧情完全一致。

但事实是，现实生活中这样的组合案例恐怕还是有的，甚至可能并不少。

什么是"女人的位置"？

不仅自认是弱者，更在期待一个救世主——放掉自己人生的主动权，放掉对自我人生的责任，把自己人生所有难题，通通丢给他人解决。

值得区分的是，大多数女人如果遇到这种情况往往选择感恩，而男人们则不会这样。

所以，武则天说的那句话，并不完全准确。否则，也不会闹到因为薛怀义生起极大的权力欲望而最后杀掉他。

男人比女人不甘寂寞，更比女人不甘心。

他们的这些不甘心让他们以为自身是所有驱动的主宰。

比如那位来相亲的男士,他要求的女性,不过是个工具人,最终目的是满足他的这些个人需求,但这种自我定位,无疑偏差得厉害。

身为男性并不是主宰,而一个弱势的男性就更不是了。

女人到底要什么

江西一位 61 岁的阿姨因为追星上了热搜。

这位阿姨的行为夸张到要跟丈夫离婚,要离家出走,甚至有男性假扮她追的明星在网上与她联系骗取钱财。

当记者采访的时候,阿姨说,其实她也知道对方不可能是真的明星本人,但还是愿意。

明眼人一看这就是网络诈骗,但跟以往发酵的方向不同,这次大家开始关心中老年妇女的情感状况。

另一位登上热搜的,是 56 岁离家开始自驾游的苏阿姨。网友们纷纷为苏阿姨点赞,而苏阿姨自己也感慨终于离开家了,感觉终于松了口气。

这两件事看着没什么相似之处,但其本质都是——中国女性在婚姻中到底是什么状态?她们到底是幸福,还是在忍耐?

别说中老年妇女,就连我身边刚结婚两三年的女性朋友也在感慨,她说身边都是女人对男人没什么要求,就能过下去,但凡女人有要求,基本一拍两散了。

而另一端,一些没有看清实质的女人们却在洋洋得意,以为"你看,是我先说的分手""是我提的离婚""是我先发的脾气",好似占据了主动权，而实际上呢？

大多数男人的普遍态度是死猪不怕开水烫——我就这样，你能忍，我们就过下去，不能忍，好吧，你说散就散。

女性在这种关系里，哪里来的主动权？

不管选择和还是散，基本都是在被逼着就范。

女人到底要什么呢？

被看见，作为一个女人被看见。

不是一个男人的老婆，也不是一个孩子的母亲，更不是婆家的儿媳妇，而是作为她自己。

但女人的"自我"太容易被剥夺了，结婚前要顺从父母，结婚后要以家庭为重，哪怕已经是现代社会，贴在女人身上的标签依然没有撕下来几处。

抖音上一位母亲夸赞自己六七岁的女儿，说她从小就知道照顾三四岁的弟弟，以后肯定是贤妻良母，引来一众网友驳斥，问为什么女孩子就得是贤妻良母？

母亲则答，贤妻良母就是女人的人生最高境界。

形成对比的是，网友们起哄说那看着弟弟这么乖巧，长大后会是个质朴的老实人，这位母亲勃然大怒，认为"做个老实人"是在诋毁自己的儿子。

儿子当狼养，女儿当羊养。你看，就算到了今天，这样想的人依然大有人在。

试想一下日后会怎样？

作为女性只有任人压榨的份儿，因为顺从和奉献就是你的美德啊。

一个人长大后的行为，完全来自他从小接受的教育，如果我们从小给女孩子的教育就是要配合他人、依附他人、以男性为中心，那么她们长大后很难独当一面，很难成为活出自我的优秀女性。

同样，如果我们一直向男孩子强调你要功成名就，那么他长大后就很容易滑入没有底线的竞争，且在目标上永无满足。他会认为他不算成功，社会对他是不满意的，周遭对他是不满意的，因此自己对自己也是不满意的。

这样的人，如何有足够的温善去对待他人？对于自己的人生，又何谈幸福感？

我记得少年时看到的一个寓言故事。

一个巫婆对一个男人说，因为她被其他巫婆诅咒了，所以在他面前只能呈现出要么是心地善良但容貌瘆人的巫婆，要么是性情暴戾但容貌可人的年轻女郎。巫婆问男人选哪一个？

男人的答案是"你想做哪个就做哪个"。于是，巫婆变成了一个心地善良容貌也可人的年轻姑娘，前面的选择题，不过是她给男人的考验。

这个小小的寓言故事，恰恰告诉了我们，在男人面前女人到底要什么。

女人到底要什么呢？

不过是平等对话，作为一个人被尊重、被倾听、被了解。她作为一个个体完全可以为自己的人生和选择做主，而不是作为标签被分类，被看作服务于男性的第二性。

女人看男人是一个一个地看，男人看女人是一群一群地看。女人向来把男人看作是顶天立地的，所以她们对待男人总是习惯仰视，反之，男人们哼给女人们的却都是冷气。

如果从一开始就不对等，又哪里来的珍视？

我们常说的夫妻之爱，不过是生儿育女能够在一个屋檐下一起过下去，而不是心灵之爱，甚至有些连情感层面的珍重都做不到。

过去的女人习惯了把这些苦默默咽下，而今天的女性则开始意识到自己是有权利把这些苦吐出来的，于是她们尝试沟通，尝试争取，尝试索要，尝试谈判。

遗憾的是，她们此番行为往往被大男人们看作是女人的矫情，于是她们一怒之下揭竿出走，唬得男人们惊呆在原地，认定自己才是受害群体，因为他们实在搞不懂这些婆娘们怎么了。

其实问题很简单，出在了人与人重建关系的根儿上。

但值得庆幸的是，有很多人开始觉醒，不以把女儿培养成贤妻良母为人生的最高目标。

而对待男性，则需要他们从性别的高椅上走下去，学会如何平等谦逊地与另一性别合作对话以及赢得她们的芳心。

她们的寂寞

女人被聊到情欲时会很尴尬，而比这更尴尬的，是聊到寂寞。

聊到寂寞，就好像在说，这个人是不被爱的，是没人爱的，是没有爱情滋养的。

如果有什么是女人的华装，至少在我们的传统观念里，是女人的爱情。她们需要被充分爱着，被娇惯，被捧在掌心。一个男人爱她，要铭心刻骨，要可为之死活，或许这是来自文艺作品的渲染以及各种教唆，以致我们会认为，如果一个女人不被充分地爱着，她就是寂寞可怜的。

女人是被认定需要爱情的，无论个体真相如何，至少，看上去是这样。

正因如此，当一个男人与女人聊到寂寞以及情欲时，其实是很讨厌的，哪怕我们表面上已经在尽力开明了，倡导女性把这些原本隐蔽的话题公开来讲。但即便公开来讲，依然不代表一个男人可以对一个女人发起这种话题。

根本原因在于，这个话题的讨论基础对于两性来讲，完全不同。

女人无论聊寂寞，还是情欲，是基于情感。

换句话说，女人就算有伴侣，如果她的情感没有被充分满足，她可能会觉得更寂寞。

而男人与女人看似公开地讨论这个话题，其出发点往往却是"你没人陪是不是寂寞""没男人你怎么解决生理需求呢，你不需要个男人吗？"

正因为出发点完全不同，男人对于女人在这个问题上的心理完全不能同感，所以他们假装理解和关心女人，好似在要帮她们解决问题，这根本就是无稽之谈。

这也是为什么不管在现实生活中，还是在节目中，当我们看到一位女性被男主持发起这种话题讨论时，身为女性总是感到不爽的原因。

男性看似在引导女性洞见自身的情欲，让她们解放自我，但遗憾的是，男性所谓的解放途径放到女性身上，女性根本不会获得满足，甚至可能更失落。

一个有趣的现象是，当女人被聊到寂寞和情欲的时候，她们往往会避开这个话题，来试图证明自己并不寂寞，来说明自己有很多其他精神满足的途径，并不非得把注意力放在情欲上，她们试图来证明自身的圆满，试图证明她们并不需要一段感情或某一个男人。

但寂寞不寂寞，孤独不孤独，与有没有一段在交往的感情并没有太大关联，人之所以感到内心空落，多半是因为"落空"。

这个落空是个常态，并不仅仅是指对某个人某件事某段情的期待，四世同堂全家福的人依然会觉得孤独寂寞，再豁达无忧的人依然也会感到孤独寂寞，或许我们渴望的是我们的思想、情感、需索能够被另外一个人完全映照，且两人彼此相爱。唯有如此，那些寂寞和孤独的缝隙才会被完全塞住，不会给我们留一点点空间让我们失落。

而事实上，这是不可能的。

所以，缝隙、寂寞、落空是人的情感常态，只是有的人敏感些，常常低下头看看自己，便看到这些，而有些人迟钝一些，与之共存但相对无感。归根到底，寂寞不是可以与某个人挂在一起，一起讨论，甚至认为它是有解决途径的东西，如果我们认为它有解决途径，那只能说明我们是多么傲慢无知。

它们只能被缓解，而每个个体缓解的方式又各不相同。

几年前当我意识到这一点时，我将家里的被子、床单全部换成真丝，因为它们的质地让我感受到"温柔"。当我在寒夜里心情低落时，我会告诉自己，等房间里的暖气充足起来，心情也会跟着明亮。

家中不乏花草，花朵开得繁盛，也是生机。

以及，音乐、光线、香水的味道，包括观影、阅读与倾听，感受他人生命中的情感起伏……如此种种，滋养我们碍于自身所限而产生的寂寞。

人是很奇怪的，时刻充满变化，你无法断言是看圆满收场的剧情让自己更难过，还是看无奈收场的剧情让自己更难过。

女人的共情能力，要比男人强上千百倍，所以她们需要打通自己与世界的连接，以此获得滋养。但与此同时，她们也会因此遭受更多的伤害。我想，这是身为女人独特的必修课。

出于婚恋目的的设定，女人一直认为自己的情感满足应该在与自己相伴的男人身上。

这可能是一个最大的误解。

当然，如果真有这样的眷侣实属理想，但我们看到了，现实中百分之九十九的男人都无法满足一个女人的心灵需索。所以，女人们，应该想一想，是否自己要寻的这个密钥根本没在男人那儿？

那么，它在哪里？

你又如何找到它？

能够满足一个女人的，从来不是一个男人，而是其他东西。

注定为爱伤心

看了《出圈》许研敏专访余秀华的那一期视频。当时正值余秀华老师"失恋"中,原本约好的采访屡次赶上余秀华老师酗酒,在那个叫莫愁村的地方,余秀华在电话里说想要去死,因为伤心……

女人为了爱情而伤心的表现是死去活来的,这大概是男人难以理解的地方,因为在男人那里,感情并不是这么重要的事情。

感情里的失落无非是"我爱他,他不爱我"或"我爱他,他不够爱我",程度不一,但无论哪一个都让人难以平衡。失衡,便随时会有断裂的风险。

爱得多的人怕断掉,怕爱得少的人随时跑掉。

采访中,余秀华老师描述爱了6年的男人,近期忽然就对她冷淡了。许研敏问是什么原因,余老师直言不讳地回答大概是因为身体的残疾和不够好看。

这就是余秀华受人热爱的地方,坦率、直接、大胆、骄傲。加上那么有才华和天赋,所以她可以获得很多人的热爱。

但这热爱与爱情里的情爱是不一样的。

面对情爱时,她不过是一个怀着最朴素心愿"希望我爱他,他也爱我"的女人,与其他所有渴望爱的女人没有任何差别。

我常想女人总是被情所伤，其根本在于，她们将"情"字看得太重，因此她们过于唯美浪漫、过于渴望永久、相信誓言。我难以界定这是女性基因里的因素，还是千百年来社会化哄骗的结果。总之，在今日，我们看到的依然如此。

而同样的情感，换到男人那儿，可能不过是个关于性价比的选择，是个理性要战胜感性的选择。痴心的男人固然也是有的，但实属罕见。

《天龙八部》里大理国镇南王段正淳是一个痴情种，可以为任何一个心爱的女人去赴死，但同时，他处处留情心爱的女人不止一个。

可是因为用情真挚，即便这些女人不能独占他的爱，也仍是愿意死心塌地地爱他、追随他，倘若性别换一换，恐怕这场面就难看了。

由此可见，女人对于爱情谦卑的姿态，甚至可以"退而求其次"。哪怕你没有那么爱我，哪怕你爱我一点点，哪怕你对我多是虚情，但渴求这虚情中有一点点真心，她们啃噬着这一点点真心，依然觉得满足。

在女人的爱情中，充斥了大把的敌人，其他的女人、时间、新鲜感、男人的喜新厌旧和见异思迁……所以，爱情归根到底，是女人一方的战争，哪怕看不见对手，她们也已经把自己折磨得半死。

如果你问我女人一生中最大的挂碍是什么？

我认为，是她们的多情。

因为多情，便生渴望、生期盼、生幻想，但这些关于爱的、暖的、软的、绵长的心思，却在冰冷冷的男人那里统统落空。

不仅落空，她们还要被嘲笑、被奚落，世人听后不过是笑笑，称她们是傻的。

但如果女人不是这样的多情，我想，她们就不会这么可爱了。不会这样生动，变成与男人一样冷冰冰的物种，缺乏情趣，缺乏天真，缺乏那么一些不切实际的幻想，我深信这些不切实际在折磨她们的同时，亦在滋养着她们。

就像余秀华谈到写给李健的情诗时说："如果李健懂我，就知道情诗不是写给他的。"所以那个人是不是李健并不重要，到底是谁也不重要，不过是女人爱情投递的一个对象，她们有那样的深情要给出去，她们要将这热气腾腾的爱塞给一个男人，哪怕这个男人并不匹配，并不好，甚至，并不爱她。

我想去拜访余秀华老师，可惜我没有酒量也没有足够的才华，但我知道作为女人对于失爱的心痛是一样的，无可奈何是一样的。余秀华说她渴望下辈子做一个好看的女人，或许如此，她能得到她想要的情爱。但自古以来，无论一个女人好看还是不好看，聪慧还是不聪慧，骄傲还是不骄傲，她们都是要伤心的。

如此想来，是真的要让女人们都醉一场的，因为醒着实在太伤心。

身为女性要觉醒自己的担当意识

成为独立女性是你的人生目标吗?

抱歉,不只是。

有一次,我在西西弗书店畅销书位置,看到两本关于育儿的书,一本是怎么培养女孩儿,一本是怎么培养男孩儿的。

培养女孩儿的书上写着——如何把女孩儿培养得独立、优雅、高贵;而培养男孩儿的书上写着——如何把男孩儿培养得勇敢、乐观、有担当。大家细想一下,这两者的区别是什么?

关于女孩活得"独立、优雅、高贵",其实都在强调——你要保障自己过得好。而关于男孩活得"勇敢、乐观、有担当",是在强调——你有责任帮助别人过得好。

也就是说,在女性角色的塑造中,我们抽掉了"担当"这个重要的人生命题。

因此女性缺乏对自己人生的目标性和责任感,认为终究可以通过男性给予的婚姻来帮助她们安身立命。

与此同时,她们的父母培养女儿时,也不会像培养男孩一样倾尽资源。所以,我们看到在社会群体发展上,成功的男性,往往要比成功的女性多得多。

很多年前，微博上有位男性大V写了一篇文章。他在20世纪90年代去美国时，看到美国姑娘在路边自己更换汽车轮胎的情景。他称赞那才是女性应该有的更健康的、更自主的美。同时，他抨击了为什么中国女性身上没有这种精彩。他觉得在美国姑娘身上看到的那股劲儿简直太迷人了。

这篇文章当时在网络上，大受追捧。

然后我就想，为什么中国女性不能在路边给汽车换轮胎呢？是什么限制了她们的这种生动？

我最后想出来的场景是——你得家里先有一辆小汽车，注意，是在20世纪90年代。其次，假如你家在这个年代有了一辆小汽车，恰巧，它坏了，恰巧，你会换轮胎，但你可能遭遇的是，你的父亲说："起开，这是女孩该干的事儿吗？"

我们潜移默化，就是在这种文化和教育下长大的。我们不仅没有换轮胎的技能，并且认为，躺在路边换轮胎，那不是女生该干的事情。

可是，你想不到，有一天时代变了，背景变了，人的思维意识也变了。要求女性要独立有担当了，要求女性可以自己换轮胎了。

你发现，生活并没有因为你是一名女性而格外关照你。

当你进入成人社会的角逐时，你会发现女性发展比男性发展更艰难。因为，你的竞争意识、担当意识、目标意识都觉醒得太晚，你的起步比男性晚太多。

当20岁出头的男性在规划10年后人生目标时，20岁的女孩子可能在想——下个月发了工资，我是买包还是买裙子。

中国近30年的互联网行业发展，尤其适合女性从业，所以有越来越多优秀的女性职场人,她们自己赚钱自己花,自己买花自己戴。从某种角度讲,她们成了独立女性,拥有了看上去较为不错的个人生活。

但在各个领域里,在重要岗位中的角逐意识,依然只有少数女性被唤醒。工作的这些年间,透过身边接触的人,我发现大多数女性依然想过一种不被打扰的、不必承担更多负担的生活。

大家可以想象一下,这个理想化场景,是否容易实现?

如果你在高位,你要承担更多的责任,如果你在低位,你要接受他人的调配。我们所认为的"我只想独善其身,岁月静好地过着自己的生活",其实,是很难的。

2021年年初的时候,我还在上一家公司,并与平级的一位男领导竞争同一个岗位。原本该是我直接晋升,因为团队本来就是我在负责带领。但最后老板安抚我说,疫情防控期间公司困难,需要招进销售能力强的人负责,再加上我身体原因也不好让我太辛苦。于是,我同意了。

结果这个男领导凭一己之力,把我们原来的团队做散了。当然,他本人也没留下,没到3个月试用期,走人了。不仅走人了,还宣传说团队原来的成绩都是他一个人做的。

我为什么要讲这个故事?

因为我不希望女性职场人在面对竞争和冲突时,选择退让,你的退让,可能正是你给自己制造麻烦的开始。

不要心存侥幸,你理想的搭档状态是各司其职彼此支撑,但你实际遭遇的可能是一个能力、专业、品性都不如你的人,在指导和排挤你。

所以，之后每当我身边有女性朋友面对竞争想退一步时，我都拿这个故事警醒她们。

我说："这个世界的游戏规则，总要掌握在一方手里，如果你觉得自己还不错，那就让它在你手里，而不是把它交出去。"

当然，我当时没有选择死磕到底的原因，确实是因为我的身体问题。

我是2017年年底的时候做的手术。记得我手术后还在休病假中，当时的搭档基本每天都打电话跟我沟通工作的事，我妈妈那段时间在北京照顾我，她很不高兴。

她说："你们这个男领导不行啊，怎么你休个病假还找你？他自己不能干啊？"

我跟她说："这是我的职责。"

这件事，其实侧面反映了两代人之间，对于男女社会身份角色的认知变化。

在我妈妈那一代人的认知里，无论是家庭还是社会，男性都是理应担当更多的。而到了我们这一代，大家普遍在追求减小性别带来的差异化，大家相对地平等，不管男性还是女性，你都有你的责任和工作。

我们可以看到过去的以男性完全担当或男性多担当的这种分工格局和认知正在解体，传统的背景环境大体不复存在了。如果今天的女性还在说"靠男性养活"或"靠男性帮助"，基本是缘木求鱼。

首先，男性压力并不比你小。其次，男性能力未必有你强。

我身边好多女性朋友基本可以说在独自养家，大家想想，是在北京这样的地方独自养家。

她们的老公在忙什么呢？

在忙"自主创业"。

我曾开玩笑说，女性职场人走不下去了叫"回归家庭"，男性职场人走不下去了叫"自主创业"。

大家知道最近几年经济不大好，也知道最近一两年兴起了"新一线"城市的概念，那大家知道一线城市大厂的优化吗？

35岁将被淘汰出局。

就是我这个年纪。

大家可以想想，这几者之间，有什么联系？

我总是在不同场合，跟我身边的女性说，不要心存侥幸。如果一个人足够聪明，她就不应该心存侥幸。不要认为你想从职场上撤出歇一歇还能再风光回来，更不要以为你自己断了收入来源还能财务自主。

我身边目前生活状态还不错的女性，基本都是一直活跃在职场上非常具有竞争意识的女性，而那些觉得可以松弛下、歇一歇的，在她们休养了一年半载后发现很难再返回职场。

因为，这个时代一切都更新得太快了。

而中国最不缺的就是人，甚至，也不缺人才。

身为女性，光实现了个人独立，是不够的。

你同样要有目标、有野心、有格局、有担当，并且要尽早地明确这些。

人生责任的下半场，不仅是你自己过得好，而且还要照顾好身边的人。

对日渐老去的父母,对同舟共济的另一半,对蹒跚长大的孩子,包括你的朋友、你的团队,甚至对这个社会,你都要有担当的意识和能力。

生活不会因为你是女性,让疾病、衰老、变故、低谷绕开你走,只有当你做了充足准备,有足够担当时,你才能承接住这些,才不会在遭遇这些时无助地想"我该怎么办""要是有人帮帮我就好了"。

女性群体的整体社会担当,是来自女性个体担当的总和,虽然我们已经看到在各行各业有越来越多的女领导、女老板,但我们要知道,这还远远不够。

为什么在今时今日的语境下,关于女性问题的发声有时依然那么难?

因为在事件中,女性的立场是建议者、请愿者而不是决策者。

我们需要更多女性有担当,在任何场景中,敢于成为第一责任人、第一决策人。

这个社会的进步,需要更多的女性角色参与进来共同推动和完善。

这不是我们对少数优秀女性的期待,而是,我们每一位普通女性对自己的期待。

女士们，赚钱是你们自己的事不是别人的事

小红书上有一位75岁的美国女士现身分享美国老年人的养老，拍视频的是她的中国儿媳。

美国女士说美国人的养老通常是自己生活，前提是能够自理。如果身体情况比较糟糕，那就要去养老院，养老院环境很好，服务也很好，一切都很周到。但它不是公益的，费用差不多一个月一万美金……

讲到这里时，中国儿媳惊呼好贵，美国婆婆说："是的，很贵。所以，姑娘们，你们要好好赚钱想着养老，政府才不会管你这些事，政府能够提供的福利只是非常基础的。"

女性开始有赚钱的意识，其实是社会工业化的一个结果。女性在社会上获得工作，通过工作获得报酬。

与此同时，她们培养和发掘自己的更多才干，从而不断学习和提升自己，获得更高的市场价值和自我认同。

这道理不难理解，但时至今日，依然有很多人认为"赚钱不是女人该干的事"，女人就保留在传统社会的角色下便好，作为家庭的服务者，以其他家庭成员为核心。

这样想的人不仅是男性，还有一大批女性。

在她们的认知里，在外的社交和打拼是人生中更艰难的考验，理应由男性承担，如果一个女性不需去面对这些，那么，她就是幸运的。

这无疑是在进行性别上的分化，指定男性应该如何，女性应该如何，并在传统观念下给这种操作找出依据。

但我们要知道的是，过去女性不能赚钱是因为没有太多适合她们从业发展的机会，而新中国成立初期就提倡男女平等，鼓励妇女工作。中国社会发展到今天，各行各业里都有女性崭露头角，在当下我们还拿"男主外女主内"的标准来进行性别分化，显然是不成立的。

一位美国的女性演讲者同样说过，在她年轻的时候，即便是在美国，大家也并不强调女性赚钱的重要性，所以她也一度认为，赚钱并不是女性的本职任务，直到她中年之后，才意识到赚钱对于女人同样重要。

前段时间，微博上有个女孩子被喷得厉害。

事情的因由是，这个女孩子在自己微博里说：结婚有什么不好，结婚就是很好啊，老公对我很好，我想吃什么水果都会买给我，是老公让我的人生实现了水果自由。

我不知道你怎么看这件事？

我并不觉得她是无脑或者刻意炫耀，相反，我觉得有一点心酸。

因为这意味着，在这个女孩子的原始生命里，如果不通过婚姻，恐怕实现"水果自由"是很难的，也就是她的起点太低了。而且在她的认知里，通过自身来改变这个状况应该是很难的，所以她觉得能嫁给一个帮她实现"水果自由"且对她还不错的男人是她非常大的幸运，因此，她对其他女性说——你看，结婚多好啊！

我们有句老话，叫"女孩要富养"，但我们忘了一个前提，绝大多数的家庭是没有办法富养孩子的，尤其在重男轻女的认知下去富养女儿。

并且，我们强调女孩要富养的初衷是什么？

是让她有见识，有对比，不至于目光短浅，懂得如何更好地选择男人，从而保障自己人生过得幸福。你看，依然是传统的以女性婚嫁为最终诉求。

也就是千百年以来，我们向女性传达的都是这样的观念：你想致富，你想改变自己的人生阶层，改变自己原始的生存环境——你要靠男人，你要通过婚姻来实现。

在此，我们忽略了，作为一个女人，你也可以靠自己。

正因为通常情况下是以实现婚恋价值为导向，所以我们强调女性的年轻貌美，并且认为如果一个女性自己太有见识、太过优秀，那她就会择偶困难，她的优秀反而成为她的劣势。

只有一个女性在追求实现自己的个人价值时，她的这些努力、能力、优秀才会凸显出来，增加她的自信。

很明显，现代社会大家都明白了赚钱的重要性，并且越来越多的女性明白了自己赚钱的重要性。但这显然还不够，拿中国最常见的结婚买房这件事来说（虽然我并不完全认同儿女结婚一定要让老一辈买房），如果女方家的父母认定房子就该由男方出，那么从父母角度讲，女方的家长就不会有男方的家长那么上进，所以他们给自己女儿提供的起始原点就是有限的，并且在这种有限中，更为有限地分配给自己的女儿。同样，女性也会存在一定的侥幸和依赖心理，认为我没必要努力到自己去买房的份儿上，她们从压力源头就没意识到努力发展自我的重要性。

一个身边的观察就是，跟我年龄相仿或者比我小几岁的男性，在北京普遍都有了属于自己的房子，而女性朋友包括我自己在内，都没有。这个差异化的前提是，我们赚得差不多。那问题出在哪儿呢？

出在男生的父母在十几年前就有给自己儿子买房的意识，那时北京的房价相对来说大家还承担得起。而到今天，社会进步了，人的意识也进步了，父母和女性开始都觉得确实并非一定要别人买房，自己也可以买的时候，房价已经涨到了千万级。

这个时候，又有几个家庭负担得起？

所以，身为女性，我们必须意识到，哪怕不必努力到要去自己买房的份儿上，我们也有必要抛掉心存的那一丝侥幸与依赖心理。努力发展自我，从来都是十分重要的。

女性还在强调少女感就是自我羞辱

经常会在网络上看到"30+少女""40+少女",甚至"50+少女"这种来自他人或女性对自己的形容,每次看到时,我内心都会想"真尴尬啊"。

《浪姐3》中,王心凌穿一身校服唱跳2004年的《爱你》,拉动了所有人青春的回忆,又翻红了一把。

一时间全网各个平台热榜都是王心凌的《爱你》合拍,男男女女老老少少都热烈参与其中蹭曝光度。

在众多娱乐之中,有一个老外的反应是这样。

中国妻子把王心凌的节目视频片段给老外丈夫看,让他猜视频里的王心凌几岁,她问丈夫王心凌好看吗,丈夫说好看。然后丈夫说:"她应该实际年纪不小了吧?大概40岁左右?她为什么要穿成这样,她不穿成这样会更好看。"

王心凌为什么穿成这样?为了节目效果,为了打回忆杀。

但这个男人的反应是我看到的非常罕见的正常反应,其余的都在惊叹怎么王心凌都40岁了还可以这么少女!

好像女人没有少女感,就是贾宝玉口中的"死鱼眼珠子",成了天大罪过。

我很少追剧，如果刷剧也纯是为了打发时间，剧情是不是精彩我并不大在意。但有一种剧会让我一开头便尴尬得看不下去，就是女演员实际年龄四五十岁了，却在剧中扮演十五六岁的少女版角色。

我就想，请得起这种量级演员的剧组难道没有钱多请个小演员？

显然不会。

那为何会有这一幕？

大概是女演员自己的坚持。

一个女人不管多大年纪，对于自己可以演出或表现出少女感都会有种迷幻般的执念，好像少女的光辉等于天使的光辉一样光芒耀眼。

这两年女性群体中一个反向操作由原来的"怕人知道年纪"变成了"我来主动告诉你我年纪不小了，但是……你看，我保持得多年轻"。这是女性的观念进步吗？

如果单指女性客观生活过得更好了，我由衷觉得开心，但在真正接纳自我认知上，我并不觉得她们有什么进步。

我们强调的少女感到底是什么？

首先是视觉上的年轻，然后是少年人有的那种单纯、轻快、明亮的感觉。

成熟的人身上就没有单纯、轻快、明亮的感觉了吗？

恐怕有一些老年人身上也会有这种感觉吧，那为什么非得搞得这种感觉像是少年人专属？

因为我们认为，人成熟之后，会堕落污浊。

这是对于生命自然生长规律多大的敌意啊。

我的工作会接触很多明星，那些女明星年轻时都是全民皆知的美人，即便是眼下，她们也确实比同龄人显得年轻，但也不会夸张到这个人四五十岁了身上还有少女感。

什么是少女感？

是不经世事，懵懂试探的眼睛和神情。

按照正常的逻辑，它就不该在四五十岁的人身上存在，因为你已知就不能装作无知的样子，今日的已知是你的人生收获，你却只因感官的皮相就要否定它。

所以，一个人，哪怕是好看的女明星，即便显得年轻一些，但大抵年龄是藏不住的。眼神、皮相、骨相都在以一个日趋成熟走向衰老的姿态展示你，不是在镜头前努力瞪大眼睛笑得甜美就能掩盖的。

我并不觉得现在盛行的精致姐姐风潮对女性是种鼓励，反而，我认为它是一种内卷。它的宗旨并不是在向女性传达，你真的可以放松你的年纪和你的女性形象，而是，身为女性，无论什么年纪、无论任何时刻，你都该力求活得精致。

这不是内卷又是什么呢？

如果女性自己都觉得"靠自己真惨"

前几天关注了一个讲女性话题的男博主。目前这种内容在各个平台都很吃香。我曾跟同行分析过这种情况,她问我为什么。我说男人站在女性视角发声,叫理解叫尊重;女人站在女性视角叫不甘叫讨要。你看,高下立判。

因此,很多男博主也通晓了其中的巧妙之处,都跑来讲女性话题,当然,也不乏确实见地还不错的,但大多数都是滥竽充数。

他们无非还是在教女性如何引起男性注意,讨得男性欢心,赢得男性的爱,而不是教女性作为独立的个体去发展和提升自我。他们的目的指向性依然是"你要获得男性的认可,从而获得男性给予你的资源",而不是"身为女性,努力发展自己去直接争取资源"。

我关注的这位讲得还不错。

他有一期讲"一个强大的女性精神世界是什么样的",我点进去看吓了一跳。不是他讲的内容有什么问题,而是下面的评论全都是女性在留言说"我就是你所说的这种强大女性啊,不过我们愿意吗?还不是没人疼没人爱只能靠自己,都是生生逼出来的……"

现实生活中我也常听女性会这样感慨,每当听到这种论调时,我都在想,她们到底明不明白,这世界并不欠她一个可以为她遮风挡雨的男人。

在她们的成长过程中，没有一个男人打着爱的名义来帮助她们搞定自己人生需要面对的课题，所以，这就是惨？

这样的女性，即便看上去过得还不错，但跟"内心强大"没什么关系。她们还活在"希望靠别人"的这种认知里，一个人连自己的生命应该自己负责的道理都没明白，还说什么强大？

这也进而引发了另外一个问题。这个问题早在七八年前我的《不抱怨，不抱歉》一书中就讲过，很多女性理解的独立仅仅是表面看上去"我能自己赚钱了"，仅此而已，但思维上、情感上、自我认知上，都并不独立，依然还在捆绑原生家庭或者捆绑婚姻。

这在我看来，并不叫女性的独立，只能说今天的女性经济地位稍微有保障一些了。就好比一个人能买得起以前买不起的东西了，但并不代表你就成了有钱人。

经济独立仅仅是最基础的第一步。

女性不是要独立吗？

那为什么还要认为自己的人生就应该有个男性出现来当骑士呢？你自己就应该是自己的骑士不是吗？还是作为女性，始终活在公主的幻想里，以为这世界的纷争变幻都是别人的，都是应该男人面对的事情，自己只要安全地在堡垒中被保护好照顾好就行？

如此看来，这种独立不过是"因为没有人照料而已"，这种对独立的解释还真是唐突，连最起码为自己生命负责的这个意识我们都还不够明确，还谈什么独立？

显然，这些女性依然是把自己的婚恋价值排位于自己的个人价值前面。我很纳闷，一个实现了自我价值的人竟然说自己是因为惨，因为没能很好地实现婚恋价值，所以才实现了自我价值？

这真是我听到的非常滑稽的逻辑了。

如果是旁人这样看待我们，也就算了，而作为当事人，我们竟然如此看待自己。

女性的努力就如此不值一提？

女性就不应该为自己的人生争取卓越？

女性世界就不需要竞争和输赢？

女性就不需要自我价值的实现？如果脱离这些，那女性除了是男性和婚姻的附属品外，还能是什么呢？

我曾跟我的一位女友有过这样一段对话。面对父母的日渐老迈，她说："有时候还是觉得找个男人把婚结了，这样有一天父母离世，还有人能一起分担。"

我问她分担什么，她说分担面对父母离去时的痛苦。

换个角度，如果无人分担呢？我们可不可以独自面对？假如有一天父母老迈病弱，甚至死亡到来，我们能不能独自处理这些事情？我们有没有这样的心理准备和应对能力？

这些，本应就是我们自己生命中的课题作业，为什么我们总在想，有个男人来帮我一下就好了？这个男人出现了吗？他离你多远？他出现后，是靠谱的吗？是在关键时刻可以分担你作业的人吗？还是反而会成为给你带来更多麻烦和压力的人？

女性最该跳出的思维，其实正是——如果有男人帮助我，那就是我的幸福！

女性恐惧

某地暴力打人事件在网上发酵，一时间有很多网友评论支招"人肉施暴者，我们也去这么报复他们的妻女"。

这种自以为的正义在我看来真是又混账又恐怖。

冤有头债有主，现代社会靠法治，你去报复人家妻女算什么事儿？

因为女性相对软弱，所以女性活该遭霸凌、骚扰，挨欺负？

就连报复男性，都要从他的妻女下手而不是他本人，当这种思维模式呈现的时候，身为女性的我们不得不警惕——难道，性别就是女人的原罪？

男性在成长过程中也会遇到很多困难，但他们却无法想象女性成长过程中要承受多少恐惧。

曾有一位男性说："你们女的自己太弱了，男生小时候也打架啊，被打了，大不了打回去，人得为自己战斗，不能靠着别人保护。"这位男性说得振振有词，但这种原始野蛮的逻辑不就是"我强我有理，你弱你活该"吗？

如果这样，社会为什么要进步呢？人类为什么要有法律呢？为什么要有文明呢？为什么要提倡素质和公德呢？

我们从中其实可以看出，有些男性的思维模式就是遵从原始粗暴的弱肉强食，而女性，因为相对身处弱势，所以她们寄希望于文明来保护自己。

男性社会弱肉强食的思维逻辑是最底层的粗暴逻辑，正因如此，即便已经是法治社会，他们依然置若罔闻，"我不担心声誉，我可以骚扰你；我的拳头比你硬，我可以霸凌你；我的体能比你强，我可以强奸你"。

相对男性的这种思维逻辑，女性怎能不恐惧？

退一步讲，针对打人事件，我们假设一下，那些"义愤填膺"的网友为什么不选择报复施害者本身？

因为这个风险成本太高，于是他们转向对女人和孩子下手，这是正义吗？

这是对女性的又一重暴力。

什么时候开始，男性的正义和男子气概不是通过保护妇孺体现，而演变成了对妇孺下手？

女人需要男人的保护吗？

需要。

就像男人也同样会需要女人的帮助一样。

现实里有些人胡搅蛮缠，你跟他说男女要在权益上对等，他说那义务上也对等啊，我们男人背200斤沙袋，你们女人自己也背啊。

这世上没有女人背200斤沙袋讨生活吗？

当然有的。

我们的历史书基本只记录男性故事，女性故事是被边缘化，甚至是不被记录的。

我曾在一场落地活动里开玩笑说："我们可以想想，古代男人出征的时候，或者说男人在家乡打仗的时候，他们家中女眷在干吗？她们同样在承受苦难，难道她们在嗑瓜子聊大天儿吗？"

杜甫写《石壕吏》时描述一个老太太被差役抓去给军营做饭，她的儿子都去戍边了，其中有战死的，跟她留在家中的老伴儿听说差役抓人跳墙逃跑了，于是只好抓老太太去军营做饭。

像这样被抓去军营做后勤杂役的女眷有多少？历史上替父从军的女性难道真的只有一个花木兰？中国历史上，没有女性参与过战争？就算历史太久远具体数据不可考，那从新中国成立呢？我们有多少女战士？多少女革命家？多少女军人？

所以，当一个男性惯性地自认有性别优势，而对女性群体表现出天然属性的轻蔑时，我会认为这个人作为现代人的思维和文明，显然还没进化好。

为什么男女之间不能动手，道理很简单，因为他们天然的力量悬殊，就算是在拳击赛制里，我们也没有安排男拳击手和女拳击手对打吧？包括我们的伦常教育里，也不会告诉一个10岁的孩子去跟一个6岁的孩子打架，因为两边的力量差异显而易见，然而却有人把它用到"不是说男女平等吗？那我跟女人动手怎么了？"

更有甚者专对妇女、儿童、老弱者恶意施暴，只因为他们从体能上更弱，更好下手，不必承担当下的反抗风险。这种针对，实在是人性的恶之极了。

在这其中，男性有没有自发站出来保护弱小的义务？

从法律上，他们没有，但从人性道德上，我认为他们是有的。

这也正是每次有暴力事件出现，如果在场男性全部选择袖手旁观，一经曝出就会引起社会哗然的原因。

我们不得不承认，应激情况下女性自我防卫的力量是不够的，甚至就算有其他女性帮助可能也还是不够的。

这就好比天平的一端是十分的恶，而另一端女性自身能压上去的善只能达到五分的效果，我们确实需要更强的作为善的外援。

即便男性群体发展与女性群体发展有些切身的利益冲突，但我们希望这是一场君子较量，而不是沦落到连基本是非、对错、善恶立场都混淆，失掉最起码的人性之光，只为了站性别立场。

人，首先是个人，然后才是男人或女人。

女性的限制

在很多人眼里，我可能是个强势甚至有些嚣张的人。

比如跟我对话的人如果在胡说八道，我会直接打断对方，比如他人发表意见如果我不赞同我会直接表态，如果对方是个轻浮嚣张的人我更会一点面子也不给。面对好多人说"你得给男人留面子"，我的反应是："我为什么要给他留面子？大家都是成年人，职场做事，我是他幼儿园阿姨吗？他们自己做事不长脑子，凭什么让女人给他们留面子？"

我身上的这些特质如果换到一个男性身上，大家会说"这个人做事好果敢干脆"，但因为我是女性，则变成了"女人这么强势不好"。

同样的特质，在男性身上是优点，换到女性身上则变成了缺点，为什么？这才是值得我们反思的。

我们不能说男性抽烟是解乏，女性抽烟是魅惑，男性喝酒是豪放，女性喝酒是放荡。

如果我们认为抽烟喝酒是件不好的事情，那么它对男性女性来说，都是不好的；反之，如果我们认为抽烟喝酒是无伤大雅的事情，那么对于男性女性来说，也都是如此，并不应该因为性别不同造成一件事本质化的扭曲。

我们认为男性偶尔的爆粗口好像显得有男子气概，于是我们看到了当下越来越多的年轻女孩爆粗口，她们觉得这样爽，这样好像更显得自己有阳刚之气、中性之美，这显然就是一种扭曲。爆粗口对于男性和女性来讲，它都没有让我们更有魅力。

我尊重一个人的基本人格，但不尊重一个人的性别特权，所以那些本着自己性别特权在我面前嚣张的男性（也有少数女性），我基本都不会留其情面。

这并不是性别不同造成的差异，而是品格不同造成的差异。

我的一个处世原则是——既然都是成年人，谁的问题，谁买单。而不是，我犯了错，但你要原谅我，我们没有权利要求他人必须原谅自己。

当女性与外界发生冲突的时候，她们往往习惯了把"对不起"挂在嘴边上，不管是不是她们的错，而大多数情况下，可能都不是她们的错。面对他人的无理、无公德、骚扰，她们要先说"对不起"然后再委婉地表示反抗，好像理亏的是她们自己。

男人们也习惯了这样的世界，于是不管自己做了什么，哪怕再无理，他们都觉得即便如此，女性也应该把头低下来做小伏低。

在一些男性的眼中，性别为男就代表了他们人生至高无上的权威性。这种想法在今天看来，实在是愚蠢又可笑。

如果男性真的自信，你需要凭自己的真本事说话，与女性平等地对话、合作和竞争。

梁文道在一期对话中说，身为男性，他感到很抱歉。因为在参加访谈节目时,他发现网友们关注女嘉宾的焦点都在"她好不好看""漂不漂亮""为什么打算跟男人说话"……如此种种。

梁文道说在这种对比下,让他觉得自己身为一个男性,哪怕胡说八道别人都会认为他权威。而那些有真知灼见的女性,无论她们说什么,讨论什么,在人前其实是被消音的,人们看到的只有她的容貌,以及她的态度是不是谦恭。

我赞同尊重每一个人,但不赞同在一个人行了恶事后,因为他是男性,我们要刻意地、委婉地、温和地批评他,甚至不能批评他,以此来维护他的男性尊严。

至于女性,我希望你们要警惕习惯性,警惕小心翼翼,警惕畏首畏尾。因为,你们根本没做错什么。

女性共生

虽然影视剧都是编的故事,但其实影视剧更能直观地体现出当下社会人们的意识形态。

十几年前的题材都是"霸道总裁",男的多金、帅气、专横,一出场,姑娘们觉得"哇,好帅",现在再来这样的人设,姑娘们反应是"好油腻""好无理""好神经"。

同样,过去女一、女二之间的关系往往都是情敌死对头,而现在女一女二或者双女主、多女主之间的关系往往是同盟好友,彼此欣赏,相互支持。

我们看到,当女性意识到自身的独立和价值后,越来越多的女性同盟正在结成。

我有一位朋友,她自己创业六七年了。

创业之初她的一个规矩是"不接受男性投资人",这听上去有点"武断",但我很清楚她介意的点是什么。

她说:"我举个例子,假如我去个男性主场的饭局,如果在座都是素质较高的斯文人还好,要是有不开眼的,在饭桌上拿女性插科打诨讲段子灌酒甚至骚扰女性怎么办?即便不是对我下手,我也会如坐针毡，我发作，对方是我的投资人是我的老板，我不发作，我实在看不下去……"

这恐怕是很多女性职场人介意的点，虽然有时"人在屋檐下，不得不低头"，但没有任何一个女性在遭遇这种事或看着别的女性遭遇这种事时会麻木无感，她们都会在心理上觉得厌恶和不舒服。

而某些男性职场人、男老板，面对这些事时，他们滋生出的不是无趣与排斥，而是猥琐的快感。

我们不得不承认，中国当下男女两性之间的割裂关系（"90后"分化更为明显）大于协作关系，其本质是女性在被传统男权圈禁的高压氛围下的出走，因为固有的男权体系既伤害了她们的权益，也伤害了她们作为女性的自尊。

中国2022年"男性人口72206万人，女性人口68969万人，总人口性别比为104.69（以女性为100）"，从人口总基数来看，也就是女性人口有3237万左右的缺口。男性留在原地踏步，女性选择独自出走，并且两性人口基数相差如此大，新的两性相处模式、现代意识婚姻相处模式没有明确搭建……

这也就同样开启了"女性共生"时代。我去过好多社群做线下活动，她们从发起者、组织者到成员到赞助方到目标受众和顾客，几乎全部是女性。社会上，女性都可以成熟地独立运作项目，而她们对待婚姻的态度则是非常明确的宁缺毋滥。

我身边已经有两三个闺密跟我说等老了一起养老，她们中有已婚的，有没有结婚的，没有结婚的对于未来能不能结，一切随缘，而已经结婚的，则觉得婚姻是个牢笼，还是跟姐妹在一起更开心自在。

很多公司的岗位招聘明确写着"要男性不要女性",如果不怕给公司招来非议的话,我倒愿意明确写上"只要女性不要男性",因为女性更踏实,尤其是对自己有更高的要求和水准,她们有更明确的边界感,对待他人也更有同理心。

或许,接下来,有大批女性终生不会走入婚姻,因为她们不愿将就,但会迎来一个女性共生、闺密共生的时代。

对女性来讲,也许,这是另一种幸福。

物质之于女人

我得承认我这个人是物质的,因为物质让我快乐。

女人往往比男人物质,这听上去实在不像什么好话,但细想一下,女人之所以物质,是因为女人对于生存环境要求比男人高,也就是我们常说的"女人身娇体贵"。

想想糙汉们好几天不洗澡,只要自己不嫌弃自己,即使熏到别人也无所谓。但女人呢,不仅洗澡,还得去角质、去死皮,还得脱汗毛,然后再做个SPA。

女人可不可以像男人一样粗糙地活着?

当然可以。

但活得精细,本身就是女人生活的乐趣,因为要精细,就不得不物质,去角质得有磨砂膏,洗澡得有沐浴油,按摩得有精油,脱毛得有脱毛仪……

这样一列下来,女人着实就是需要很多物质。

女人怕被说物质,也怕被说拜金,但这里有个前提,过去女人自己不赚钱,所以追求物质还是追求富贵都是通过男人。今天的女性独立了,依然怕被人说物质说拜金,因为只要这样一形容,好像就有又要去占男人便宜的嫌疑。

但其实,现代社会的大多数女性,哪个不是自己赚钱自己花、自己买花自己戴呢?

别说她们想去占男人便宜,她们当中有骨气一些的,大概连担着这样的嫌疑都受不了。我们传统的视角,似乎已经习惯了男人从高往低看女人,不管自身什么条件,都觉得女人对自己是另有所图。

女人其实没那么在意钱,倒是很多男人自己在意,甚至在意得滑稽。

没钱的怕人嫌,装有钱;有钱的怕人图,装没钱。

在一个女人的成长过程中,总会遇到这种角色。

装作没钱来考验女人的男人要比装作有钱的还滑稽,他们以为这样就能辨别一个女人是不是物质、是不是拜金、是不是靠得住了,但他们没想明白一点——那些不图你什么的女性也是有自尊的,你装腔作势用乱七八糟的招数来考验人家,本身就是羞辱冒犯。

她是没看上你的钱,因为她连你的人也没看上啊。

每每跟女性朋友聊到类似的事,总要吐槽一番这种男人真是蠢得很,好笑的是他们还以为自己很高明,依然在自视甚高地俯视女性,但他们不知道自己那点鬼祟的心思已经让女人们看个精光了。

2021年女性购房占比达到该年度购房总体的48.65%,深圳的女性购房占比更是达到了54.76%。社会在进步,观念也在进步,如果说倒退20年大家还在追求"嫁汉嫁汉穿衣吃饭"的话,到今天,男女两性的关系更像是"各自安好"。

身为女性,意识到了自主经济的重要性,而女性的父母,也不得不随着时代开明起来,他们也开始愿意帮助自己的女儿购房。

我跟身边一个女性朋友说，如果你想摆脱对对方有所图的嫌疑，只有一个前提——他有，你也有。否则，你说你不想，是没用的。当然，别人觉得你有嫌疑这是他人的想法，我们左右不了。

只有男人觉得女人有嫌疑？并不是。

如果女性条件比男性条件高，同样会觉得对方有嫌疑。所以，这不是性别的问题，而是各自底气的较量。

中国社会的资产结构划分从传统意义上讲，过去绝大多数都掌握在男性手中，所以自动形成了男性看待女性的视角就是"你没有，你来图我"，女人一味自证清白表明心迹"我不图你"是没用的，最好的解释是"你有，我也有"。

物质也好，享乐也罢，既然是我们自己赚的，又关别人什么事？

女性的自我认同

有数据显示，男性应聘者在面对岗位招聘要求时，往往达到标准的 60% 就会投出简历，而女性，往往要达到 80% 甚至 90% 才会投出简历。现实中每当我鼓励身边女性去尝试新机会时，她们大多数人的反应是"我还没有准备好啊"。

"我还没有准备好"，显然，就是个思维误区。你如何准备好呢？

你要进一家新公司，进行新一轮挑战，挑战是什么？有一部分在你的已知领域里，而另一部分需要你去了后摸索适应。

所以，面对一个全新的机会，我们很难做足百分百的准备，因为它里面包含着未知的部分。我们只需拿已知的部分去撬动机会就好，剩下的，是进去后的事。

"我要十足准备好"往往在预演一个成功模式，但成功不是靠预演的，而是靠实践，并且职场发展上哪里有明确的成功呢？

无非是今天进了一大步，明天好像又退了一小步，就算那些在外人看来已经无法企及的行业大牛，他们在工作中的常态也是要反复想着如何突破瓶颈。

每个人都有障碍，每个人都有限制，你不上前一步靠近它、把它掀起来，光靠想想、光靠准备有什么用呢？

我的工作履历比较复杂，从最传统的杂志、出版到后来的 MCN 自媒体、文化类脱口秀、博物馆艺术 IP，还有商务和节目落地宣发的工作经历，而今，在做明星短视频。

面对我如此复杂的职业履历，人力资源经理往往会面露难色，他们通常想的是"这个人变动如此频繁，是不是沉不下来做事，以及，做了这么多，是不是哪个也做不精"。

而跟他们的老板聊时，他们的老板就会特别兴奋，因为他们老板的角度是"这个人一直在行业里随着媒介更新不断迭代自己的工作技能，并且一直冲在一线市场，很知道用户要什么"。

看，这就是角度的不同。

我是 2021 年换工作转来做明星短视频账号的，在此之前我没有做过短视频，并且连短视频平台都很少打开，因为短视频平台是更娱乐化、碎片化的，这跟我一直以来做的内容策划不相符。

拿到这个 offer 的前提除了我作为资深策划人的过往工作履历外，还因为我的书《拎得清》。入职后老板说："我看了你的书，当时决定把这个人招进来，因为看事情透彻、逻辑厉害，一看就是有经验、有经历的人，这样的人才能厚积薄发。"

而也有一些情况是，我跟对方说我的另一个身份是作家，对方的反应是"这跟你的工作有什么关系？"

作为做内容的人来讲，所谓算法的玄学其实不过是平台各自的有效流量测算规则。从微博到公众号到短视频，首先是流量切入，切入后流量会分为有效流量和无效流量。比如一个公众号的关注粉丝是 2000 万，你在前台看到它的文章篇篇阅读量 10 万+，但相对于这 2000 万的粉丝基数，它的沉默用户数量其实是非常庞大的，账号活跃粉丝仅占 5%。如何使账号商业价值更直接？除了粉丝基数外，我们还要测算它的实际活跃用户。而在实际活跃用户中又有多少是愿意付费的核心用户呢？

至于数据内容分析、投流监测、成本核算、效果反馈不过是例行的一个程序，只要依照各平台算法就好。

我在上一家公司时，临时被调去做艺术 IP 衍生，结果我自己开始零基础琢磨画画，虽然是随手画着玩，但竟也卖出去了几幅。

而这份工作，又将我的技能从策划延展到了现场编导，公司后面会有短剧的项目筹备，我倒愿意多试试，说不定还能做个短剧导演。

如果按照大家认定的"我得准备好了才能动手"的逻辑，以上这些事我就都不应该干，这些机会也就不会属于我。

一个人要有"我可以胜任"的自信，当然，这个自信不是盲目的，而是你要确确实实有所研究、有所心得、有所长，如果我们做一件事情总是抱着"我还没准备好"的心态，又如何能迈出行动这一步？又如何让他人愿意相信你可以胜任？怎么会放心把机会交给你？

所以，姑娘们，别想那么多，生活从不是等你准备好了才开启，别犹犹豫豫畏首畏尾，撸起袖子，干就完了。

作为女性，我被这个社会的审视告一段落了

大家是否观察过，往往一个女生大学毕业后开始被父母催婚，一直被高压催，但催到 30 岁（确切点是 28 岁前，医学界定女性最佳生育年龄是 28 岁左右）如果还没成，父母态度就松弛了，变得佛系。

其中的表面含义是父母知道催了也没什么大用，而另一层含义是，在父母的界定中，你作为一名女性，年龄已经大到没有婚恋市场了。

我妹妹曾经跟我说过，我爸私下跟她说，希望她早点结婚，她结婚了，对我也是个保障。

我问这从何谈起？

我妹说，爸爸的意思是我到了这个年纪（三十六七岁），再加上我的病，基本没有什么结婚的可能性了，对方但凡正常一点可能都不会选我作为结婚对象。

我爸认为他要跟我妈给我攒一些钱，再加上如果我妹妹成家了，等到晚年能够有个照应，不会太凄惨。

我能想到我爸私下跟妹妹语重心长说起这件事的心酸，但我和妹妹两人提起这件事时，是笑着讲完的。

我妹说:"咱爸说对你放弃了,你能健健康康快快乐乐就行。姐,其实我想跟他说,要是这样的话,把我也放弃了吧。"

我在现实的工作和生活中也碰到一些男性,在他们不知道我年龄的时候,交流正常,态度亲近,但他们知道我真实年龄后态度忽然变得"肃然起敬"起来。

瞧出了这个好处,我反而在社交中会把自己年龄多说几岁。

闺密打趣我说:"你这是何苦?"

我说:"谁要跟他们亲近,尔等都给我退退退!"

作为一位女性,年纪越长,越能体会到一种自由。

无论从他人的角度,还是从自己的角度,走出性别局限,扁平性魅力,淡化社会视角、婚育视角、男性视角对于女性的身份审视,放下这些后,女性才会更解放自我,更活得松弛自由。

我在20多岁时,就算面试迟到,也要把自己捯饬满意才出门,而现在穿得正式些大概是为了向对方"以示尊重",实在没这个心情的话,也依然拥有穿T恤、短裤的实力和底气。

作为一个不再年轻的女人,我也并不追求优雅精致,与优雅精致相比,我更看重从容松弛。

旁人说,你这个年纪没什么婚恋市场了。

挺好。

旁人说,你这个年纪没什么异性缘了。

也挺好。

旁人说,女人谁不爱年轻啊,谁不愿意有男人哄有恋爱谈。

我也只皱眉笑笑。

路遥在《人生》中这样写:"我已经过了喜欢炫耀和喧闹的年

龄了,不再期待周围人的回应和鼓励,也不再在乎他人的褒贬和说辞。不会因为兴奋而四处叫嚣了,也不会因为低沉而祈求他人的理解和宽慰,好的坏的都学会了不去渲染,不去吆喝,懂得了要用诙谐的方式,过正经的人生。"

我想,这大概就是我眼下的状态。

过度地强调青春或成熟,其实都是一种叫嚣。

生命本就是个流动体验的过程,我们出生过、成长过、年轻过、热烈过,并且热烈也在不断消退,接下来,还有衰老和死亡。

而在任何一个阶段,任何一个场景下,我们都难以获得圆满。青春的时候迷茫,成熟了又难免热情不足,低谷处不知忍耐到何时,登高了也不免胆战心惊。

生命始终是有缝隙的,哪怕我们不断修炼塑造,但生理的皮纹和心理的裂痕依然存在,不要妄图把皮纹抹去、把裂痕塞住,它们正是证明我们真切活过的纹理和刻度。不求全求粹,不尽善尽美,把缝隙空出,让静水深流。

这就是我,一个眼下 37 岁的女人的生命态度。

Restart Life

公司园区一处荒废的建筑
听说在那里观赏日落非常好
而我还没有见过

Restart Life

我所带的团队几乎是个"i"星人集合
于是,他们生生把我逼成了"e"星人

Restart Life

从医院复查出来
顺道找个小店看看春光

Restart Life

我们听过太多次"女孩子不要自己走夜路"
不,不是这样的
身为女性,确实要尽量规避风险
但现实里很多路你只能自己走
不能等有人陪你才敢走

第四章 你的「自我」决定着你的人生

哲学家说"自我不是现成的,而是借由行为抉择不断塑造而成的"。每个人的行为中,都透露出这个人的"自我",很多人把"自我"等同于本性,你让他去完善自我、重塑自我,他的反应是"江山易改,本性难移"。他是抗拒的,甚至认为他现在呈现出来的状态就是他的"天命"。假设一个人爱冲动爱打架是他的天命,那他为什么只跟弱小的人打架,见到比自己强悍的人就会退缩呢?

可见,很多人给自己的"自我"找了包裹的色彩,以此来标榜自己"我就这样,我不需要改善与改变",如果一个人对外界做如此的说辞,这样的人是没有办法再进一步发展和沟通的。

我们认定的"自我",只是被塑造的

张桂梅校长反对她的学生做家庭主妇,当时这条报道在网上引起很大热议(不知道背景的可以网络搜索下)。

一部分人说:"做家庭主妇也是人家自愿的选择,难道自愿选择也不行?"

通过这件事,我想说人很多时候的"自愿"其实是被塑造的,看上去没有人强迫张校长的学生选择做个家庭主妇,但为什么女人始终会认为做家庭主妇是个好选择呢?

相夫、教子、主内,这是我们传统意义上认为女人该干的事情。既然该干,那就应该如此,如果一个女人是这么做的,并且她做到了,就是个好女人。

直到今日,依然有很多女性认为"做家庭主妇这是我愿意的啊"。当然,这是她们自愿选择的,但她们没有意识到,她们的自愿其实是被教化出来的。

现实生活中,我们会碰到很多事以为是"理应如此",但这个"理应"从哪来的却不去细究,这个理是什么理,是什么时候的理,如果是1000年前的理,现在是不是过时了?这个理是谁的理,如果只是利好一方的理,那对另一方是不是欺骗?

我们嘴上总说得理直气壮，却不去想这个理从何来。

一个人的"自我"也是一样，它同样是被塑造的。

很多人脾气不好，给自己解释是"真性情"，你让他改一改，他说这就是我的本性啊，这就是我真实的样子，我就是我，怎么可能改呢？我如果改了，那就不是我了。

现实生活里，你是不是也碰到过这类人呢，他们自己说得理直气壮。之所以理直气壮，是因为在他们的认知里，就是这么回事。

习惯打人的人从来不想打人是不对的，他们怎么想呢，他们认为对方欠揍。撒谎的人从来不觉得不诚实是不好的，他们怎么想呢，他们认为是别人愚蠢。

但人的本能是趋利避害的，比如一个150斤的爱冲动打架的人，通常会在100斤的人面前"真性情"，在200斤的人面前，他就没有这个"真性情"了。

哲学家说"自我不是现成的，而是借由行为抉择不断塑造而成的"。每个人的行为中，都透露出这个人的"自我"，很多人把"自我"等同于本性，你让他去完善自我、重塑自我，他的反应是"江山易改，本性难移"。他是抗拒的，甚至认为他现在呈现出来的状态就是他的"天命"。

那回到上面有趣的例子，假设一个人爱冲动爱打架是他的天命，那他为什么只跟弱小的人打架，见到比自己强悍的人就会退缩呢？

可见，很多人给自己的"自我"找了包裹的色彩，以此来标榜自己"我就这样，我不需要改善和改变"，如果一个人对外界做如此的说辞，这样的人是没有办法再进一步发展和沟通的。

我们必须意识到，"自我"是流动的，发生变化的。日常状态下我们能意识到的"自我"往往是浸过色的，你被不好的人、不好的事、不好的环境影响过，所以你觉得撒谎也没有问题，打人也没有问题，懦弱也没有问题，贪婪也没有问题。

很多人对"自我"的理解，停留在标签阶段，那么你如何解释你是谁？

有些人用名字解释，有些人用身份解释，但这些其实都只是表面意义上阐释的"我是谁"。只有一个人的"自我"生长出来，他才会有属于自己的深刻一些的理解。每个人的生命意义一定是他自己寻找到的，发觉到的，感知到的，确认了这一点之后，他才会对自我的存在有更明确清晰的认同，否则只是一直活在别人的价值观里，活在别人的眼光里。当然，他们也并没有意识到这一点，所以他们以为他们本该如此。

如果一个人的自我意识没有觉醒，始终活在社会审视、他人评价的标签下，别人这么活我也这么活，别人这么过我也得这么过，别人这样我也得这样……只能说，这样的人，更像一个工具人。

如果一个社会没有思考、没有审视、没有创新，没有新的人、新的观点、新的方案、新的举动出来，那么我们只是在延续时间，以及不断地复制历史。

我相信人的"自我"是本能去寻求生机的，而寻找生机的人，都是向好的、发展的、不断完善的，所以我相信人的"自我"是应该向好的一面去引导和修正的，而不是一个人如同一摊烂泥，还说"这就是我的自我，我觉得没什么问题"。

因此，我鼓励每个人都把那个完善的"自我"牵引、培养出来，它是一个人存活于世的心理根基，而非经过外界的修饰。一个人如果没有确定的自我，那么他就会随时因外界的变化而动荡，一直被外界牵着鼻子走。但一个拥有了自我的人，他是有属于自己的生命节奏的，他很清楚自己要干什么，什么才重要，什么才让他满足和愉悦，他明白时间精力应该花在哪里，而不是裹在人群中，别人追赶什么他就追赶什么，如果比别人慢了，还焦虑难过得要死。

所以，我鼓励每个人的"自我"都生长出来，唯有真正找到"自我"的人，才会拥有真正的自信。

因为"自我"是一个人的生命王冠，意味着对自身的充分接纳和对话，它不会因你外在普通还是耀眼而发生变化，它就一直在那儿。

尤其，当你在现实世界里遇到困难的时候，它就像把闪闪发光的钥匙总能让你坚持下去，解开眼前这一局。

说到底，它让我们觉得"我们值得活着，并且应该认真又美好地活着"。

当你见过更好的东西,你就知道钱不是那么重要

人人都喜欢钱,因为有钱意味着我们有更多的、更充裕的选择,而有了更充裕的选择后,我们就会更舒适、更满足。

基于此,绝大多数人把赚钱当成了人生的终极目的。

所以,从社会意义上来说,我们衡量一个人是不是有价值、是不是成功,往往看他有多少钱,身价几何,什么头衔、什么地位。

以名利为导向的价值观一定会形成"内卷",因为你无论多认真多努力,总有人比你做得更好,比你名头更响,比你赚钱更多。

你觉得自己每天工作12个小时已经很努力了,结果发现还有一大批人每天工作18个小时,那你怎么跳出来?

要一直比下去?

恐怕就算累死,也还是有很多人你比不过。

我有时会想,名利金钱对于人来说,就像为了让驴子不停拉磨而绑在它视线前面的胡萝卜。驴子以为它近在咫尺,以为我只要往前走一步它就属于我了,但这显然是个幻觉。

诱惑对于人来讲,也是如此。太多人以为自己离成功只是一步之遥,然而如果他们真的好好测算一下,大概就不会做白日梦了。

认真去测算自己与成功有多大距离的人,是为数不多的。

前段时间，我的老板接连给我"紧迫洗脑"，因为他认为我实在不够努力，但这件事的前提是：公司要达成一个目标，需要各个部门配合，有 ABC 三个环节，我在 C 的环节，因为是收尾环节所以我这部分就负责成果呈现，而这件事的问题出在 AB。

在我的理解里，如果是 C 环节的问题，老板找我追责是合理的，但如果是 AB 环节的问题，为什么来找我，并且希望我能解决？

我表达了我的看法，老板当时说了一句很有意思的话。

他说："你说的这些都是客观困难，我们，得主观克服它！"

我自认我处于 C 环节，做好 C 环节的事，这就是我的职责，但老板认为 AB 环节出了问题，我没有去解决 AB 环节的问题，是我还不够努力。

老板语重心长地跟我说："一个人想要成事，他不能给自己设边界，说这个我能做那个不能做，这个该我做那个不该我做，而是有困难就克服，有问题就解决，这样才能飞速进步啊，人生才会更有成效啊。"

你看，这段话听上去是不是还有点鼓舞人心呢？

因为它最终划分对齐到人生成功论的导向，你就会觉得，对哦，为了我自己的成功，我什么都可以做。

而我刚好是个不以追求成功为终极导向的人，所以这番鼓吹对我的诱惑就不大。我自有我的标准来衡量我的人生成效是什么，而不是由别人定义，更不是由老板来定义，"你做得更好我就给你升职加薪"。

一个人一定要明白自己的边界在哪，什么是你真正想做的，什么是你应该做好的。除了这两样,其他的部分,你要接受自己做不好。

我们往往受不了旁人说自己做不好,却忽略了再去追问一下,做不好的部分是不是本身就不该我去做,或者,它对我根本不重要。

人的精力、心力都是有限的。我的建议是,我们不必要求自己去做个面面俱到的人,因为那实在很辛苦。

比如与外界的交涉中,我能意识到有些时刻是存在"不妥"的,或者说不那么理想,但我会跟自己说一句"算了,这样就可以了",因为我不想花费太多的精力处理这些,它并不在我的人生主题课程里,它对我并不重要,既然不重要,我又何必要求自己做得完美呢?

回到上面的例子,我身在C的环节,那么于C的环节精益求精,这是我本职应该追求的事,但如果把他人负责的AB环节也要我去攻克,我实在没有这个志向。

可能会有人说,你攻克了AB环节就会受到更多的认可,但恰恰这种认可对我来说并不重要,也不在乎我眼前的这根胡萝卜。

一个人什么时候可以将钱看淡呢?

就是他明白有许多事,是比金钱名利更有意义的。

我也会有沮丧的时候,处在情绪低谷的时候,我就会去网络上搜索自己的名字。因为在各个平台上,关于我的书籍,下面会有很多人留言,他们会说这本书切切实实地帮助了正在迷茫中的他们,也会有读者通过网络联系到我,留很长的一段话给我,告诉我对于他人生的此时此刻,我的书、我的观点、我的态度,正在支撑他、给他力量。

这些,于我来说,是相对世俗意义上的名利更让我觉得有意义的事情。在看到这些反馈时，我会知道我抛出去的那枚硬币有人捡到了，并且他们从中获得了价值。

看一个人朝哪个方向去，首先要知道他的原始动力到底是什么，如果一个人对于升官发财和成功没有迫切的动力，他就不会朝这个方向一路狂奔。

这也是我们通常所说的，我们要懂得欣赏多元化的价值存在。

纪录片《大学》里，当清华大学打算为教授钱易女士（钱穆之女，环境工程专家，中国工程院院士）举办一个讲座时，她表现得非常谦逊。她说自己的人生太平常了，没有什么好说的。

听到她说这一句话时，我深为感动。我的老板说，现在是一个人人都争着要发声、要喊破喉咙鼓吹自己的时代，沉默的人、低调的人是吃亏的。但我相信，还是有钱易女士这样的人存在。

他们的存在印证着我们所理解和坚信的"人间值得"。难道我们只是攀比谁加班更多、谁升职更快吗？

人的承受力其实是一根橡皮筋

"这日子没法过了""没法活了""太丧了""无聊死了""太没意思了"……现实里有多少人讲过类似这种话呢?

反正我是讲过的。

但有趣的是,我们一边不断吐槽一边还是赖巴巴地努力活着。

我是受过"死亡威胁"的人。

2017年年底的那场病,我的处理应对堪称教科书级别,但真的一点不害怕吗?

怎么可能。

毕竟,在这之前,我的人生也没有出现过什么太大障碍,一直都比较顺风顺水,我没有应对过太具挑战的事。

出病理之前,大概有一个月的时间,我每天晚上睡前躺在床上就会想"我会不会死?我还有多长时间?"那种感觉甚至都不是害怕,而是还没反应过来发生了什么,于是我就跟自己说:"冷静一下,咱来捋一下这件事。"

我每年都有体检的习惯。前一年的体检没有任何问题,而这一次体检与上一次大概隔了七八个月。也就是说如果是恶性肿瘤(通常所说的癌症），大概也是早期或者中期。一般只有晚期的病人才有几个月的活头，而早期和中期大多是可以医治的。

当然这对身体健康造成伤害是不可避免的，也可能影响寿命，如果影响的话，那大概也得再过几年、十几年甚至几十年，所以总不至于一下慌乱到"还有几个月的活头"。

如果你的生命还有几个月的活头，你想做什么？

我当时能想出来的是"什么也不想做"，因为并没适应"还有几个月"这件事，所有事情依然在按照它们固有的节奏进行，一下子把几十年的期待压缩成几个月，怎么压缩得下。

所以我当时想的就是，我什么也不想干，平时该做什么就还做什么，没什么特殊的变动。

这里面另一个原因是，我本身就是个"活在当下"的人，所以平时也没有什么大遗憾需要临死抱抱佛脚一定要去完成，在我身上，没有这种执念。

唯一觉得难以交代的是让父母亲白发人送黑发人，想必他们一定悲痛欲绝，但是我有什么办法呢？

我已经不得不去死了，只能请他们自己慢慢熬过这一段。

大概每天睡前脑补十几分钟这个剧情，其实想过一次之后我就想明白了，但人的挂碍不只是因为你不明白，而是就算你明白了，你也过不去。我当时就每天悬着，理智上给自己推演一遍，觉得没什么大问题，另一个声音则在问"要是真的只能活3个月，怎么办"？

怎么办？

我至今也没想出什么花样儿来。

后来病理报告出了，相当于另一只靴子终于扔下来了，乳腺癌早期，手术后需要放疗，再吃5年的药，前3年每3个月复查一次，后两年每半年复查一次。

还记得最开始复查那几次的紧张。

不只是我紧张,恐怕我们全家人都要比我更紧张。他们在电话里早早问我是不是要到复查的日子了,查完后又马上问我结果如何,我很清楚,长辈们是比我更紧张的。

直到有一天,慢慢习惯了,我自己也不紧张了,一切就都成了流程。

我还记得那时候跟自己说:"以后不要再什么都买了,存些钱吧,以备不时之需,再说,关键时刻我们根本不需要什么外物,买那么多外物干什么?"也跟自己说"或许没有那么多来日方长,紧迫一点吧"。

结果呢?

结果就是一切照旧,其实没太大变化。

2017年的手术,我自己看病,走访了几家医院,最后约好医院、医生、入院时间、手术日期后才打电话跟父母说,在这之前一声没吭。我当时在电话里说这个年底得他们来北京过了,我回不去了,我妈以为我又要出差去深圳。

听我说要手术后,我妈在那端哭起来,我爸把电话接过去,哽咽着说:"这么大事,你为什么不跟我们说?你一个姑娘,怎么这么大的事也要自己撑着?"

我为什么没跟他们说呢?因为他们会格外担心,这个担心程度恐怕要影响他们自己本身的生活。但我会向朋友说,她们也关心我,但不会担心到影响她们自己的生活。我觉得这种情况是可以讲的,因为不会给对方造成负担,更不会因负担而发生不好的事。

我们常说"一家倒霉的时候，好像倒霉事都堆一起了"，这里面其实就是这个道理。关系紧密，紧密到相互作用彼此影响时，便非常容易一损俱损。

等到2021年手术的时候，父母实在忙得走不开，我告诉他们不用过来，住院后才发现同病房的人都有家属，而我只有护工。可能有人会觉得"很可怜"，但我比较无感，因为一切都安排妥当了，自己完全应付得来，何况还有好几个朋友帮忙。有了上次的事，父母对我也是放心的，知道我有这个能力自己处理好。

这次手术，除了身体上的痛感，心理上，基本是纹丝不动没有任何反应的，甚至直到上了手术台医生开始给我推麻药，我才意识到自己"又做了一次手术"。

人的承受力，很像一根橡皮筋，不过有点不同的是，橡皮筋拉太大是容易断的，但人的精神不会那么轻易就断了。再就是，这个有承受力的橡皮筋，一旦你某一次拉得很大，它就不会再回弹回来，之后遇到的其他事，都变成了"阈值范围内"的事。

如果没有这些事，我知道自己日常是个从容淡定的人，但有了这些事，让我知道就算碰到难事，我也是个从容淡定能处理得很好的人。

我们不断认知自己时，是需要外界的碰撞回传的，否则，我们理解的自己，就只能停留在"以为的阶段"。只有在外界真实碰撞回传后，你才知道真实的自己到底修炼得如何，能不能接得住，能不能受得了。

答案是，我接住了，并且做得不错。因此我便明白，哪怕面对人生的大困难时，我也会从容淡定地去寻求高效解决的方法，而不是陷在恐惧哀怨之中。如果说这场变故带给我什么，大概是它让我更认可自己、更自信了。苦难虽然实在算不得什么好事，但在考验中获得的成长，也同样是实实在在的收获，或许这就是对照苦难的价值。

生命是体验的，不是规划的

我见过很多人，他们很聪明，善于规划、善于未雨绸缪、善于诸事先在内心打个算盘然后再实施。他们觉得自己计划做得很好，但在实际执行过程中，事情往往不会百分百地按计划去发展，这时他们就会觉得"我都这么努力认真对待了，为何还如此"？

为何还如此？

因为生活充满变数，我们能规划和计划的，只是一部分而已。

我在《拎得清》的序里写，很多人都在困惑"明明知道很多道理，为何还过不好这一生"，或者也常有人对我说"乔老师，你说的这些我都知道啊"，这就好像你知道米饭是可以果腹的，炸鸡是可以让人开心的，但你什么也没吃，你怎么满足呢？

吃掉炸鸡和吃掉道理，其实是一样的。

你得自己吃掉，自己消化，自己体验。如果人不需要体验，那所有先哲的书只要我们翻阅过，就足够我们顺风顺水过一生了，但为何那些伟大的先哲在世时依然命途坎坷？

像他们那么聪明和智慧的人都难以把控命运走向，何况吾辈。

所以我始终认为，如果有人认为"我知道了人生道理就等同于我获得了这样的人生"，还真是狂妄。

你想与某个人建立稳定且幸福的关系，你的想象如此，计划如此，但事实呢？

事实是对方是个变量，关系是个变量，你原本打算倾其所有给对方最好的，但你发现对方是个不值得的人。同样，换个角度也是如此。

如果我们只活在规划中，大概我们会把自己的人生想象成王子公主，但现实会分分钟提醒你，你只是个普通人。

于是我们应该习得的，是如何作为普通人生活，自我体验更好地、更满足地、更充实地过完这一生。

大文豪苏轼有段时间参禅悟道，觉得修得了一定境界，于是写信给佛印和尚，说自己已经修得心静如水八风不动。结果呢，佛印和尚原信退给他并说他放屁，苏轼气得跑到金山寺去大骂。

不是八风不动了吗？

不是不被外界影响了吗？

怎么人家骂一句就气得要死呢？

我们以为自己听了很多圣人经，知道很多道理，以为自己就"开悟"了，其实结果是跟东坡先生一样的，有人骂你一句，你依然火冒三丈。

这才是人生的真实体验。

那么，规划有什么用呢？

规划是尽量预设避免一些可以预见得到的风险，但我们要知道，还有一部分，是预见不到的。

道理又是用来做什么呢？

就是等到出现了"不可预见"这一部分时，我们如何修身修心去更好地面对。

我们脑子中已知的东西，在没有摊在现实前拿来应对时，它不过是我们对于自己的预设和想象，就像东坡先生以为自己修出了佛性。那是不作数的。

所以聪明的人是善于规划的，但这还不够，面对人生时时刻刻的不可控因素，那些原本的规划就会派不上用场。这时候我们要运用的是自己的体验，被人骂一次气得半宿睡不着，再被人骂一次气得饭吃了一半，又被人骂一次，不耽误吃也不耽误睡了。这才是修行。

生活是此岸的坚持和彼岸的幻想

你有想过要逃离你眼下的生活吗？

想必每个人都会有这种心理。当现实生活中觉得压抑、无趣、刻板重复时，我们就想换个新环境，甚至换个新身份、换个新活法。

前段时间我对考研的事情特别上心，觉得如果有一天想退出职场，去高校教书会很适合我，但此刻在高校里教书的老同学，却在跟我感慨评职称有多艰难，我跟他说和年轻人在一起多好啊朝气蓬勃，而他却感慨现在的一些年轻人有多无可救药。

我们总是在羡慕别人的生活，而如果自己真的置身其中，却一定会幻灭。

比如，你想有个花园，假设你有了，花园里的花哪里来呢？你自己种吗？杂草谁来锄？水池里的水脏了怎么换？如何保持每天水池都清澈？

前几天我在小红书上看到一位博主分享她的生活转变。她离开北京去云南生活。

她透露了她在云南靠什么维生，有三个收入来源：第一，账号商单合作；第二，原产地特产销售；第三，直播带货。

听完后我的想法就是"这么复杂，这么难"。

账号接商单要先想着怎么把账号粉丝量做起来，有人做两三个月看没什么明显效果，大概就坚持不下去了。

我也曾合作过快手账号，大概两个月涨了五六千粉丝，但我依然觉得索然无趣，便中途放弃了，这还是在有合作方给我投入的情况下。

特产销售就更不用说了，你得自己去找货源、谈价格、制定包装、销售渠道、跟踪物流、维系售后……一个成熟的电商主播，她的团队起码要有三五十人甚至上百个人。

作为个人，一个人把这些都做下来，辛苦和复杂程度可想而知。

直播带货是当下大家都很熟悉的，但大家想过吗？带货主播都不是一时兴起，那就是他们的本职工作，和其他所有工作一样，重复做功课，不断接受新挑战，不断习惯新的平台玩法，为了给人留下好印象、增强粉丝黏性，还要维护好自己的形象。

如果这一番事情都放在我身上，我大概不会觉得去云南是解放了。它远比我所想象的复杂得多，并不是单单博主美美地出镜每日来分享高光时刻那么简单。

再说我想去高校当老师的事。

我所想象的是每天跟一群朝气蓬勃的年轻人在一起，学术清明环境单纯，而实际呢？且不说我去做了老师后如何，单说前提，我要先去考研，这对我来说，当然是件难事，我要花费大量的精力、心力、体力、金钱来投入，最后能否顺利通过还不一定，考上后恐怕连能否正常出勤上课我都保障不了。

生活，自然是有彼岸的，但彼岸往往只是个幻想。

我也想过去云南开客栈，谁不想过世外桃源一般的生活？但真的能如愿吗？

世外桃源不是有个花开云走的院子,而是这人世的无忧。当你有个花开云走的院子时,你大概需要想的是,如何打理、如何经营、如何维系它。

所以,生活的本质是对彼岸的一点点幻想——风轻云淡万物有情,然而更多的是对此岸的默默坚持——诸事无常人生漫漫。

一个人活着，得省力些

人的力气是有限的，如果你被太多乱七八糟且不开心的事占用了精力，你就很难有平静充裕的心情去感受生活周遭的美好。

所以，活着大概要面对两件事，一个是处理问题，一个是修心。

我上本书的名字叫《拎得清》。拎得清最大的好处就是"活得省气力"，这可以消解掉很多无端的麻烦和烦恼。

于是就有人问我，怎么算"拎得清"呢？

我的答复是："去想人做的事，别想天做的事。去想自己做的事，别想别人做的事。"

比如天要下雨，你是控制不了的，你能做的是出门前看天气预报，有雨带伞，降温添衣，你不能自己不看天气预报，贸然跑出去，冻个半死淋成落汤鸡后去咒骂天气。

现实生活中，这种咒骂天气的人，其实是很多的。他们会觉得"我今天真倒霉啊，出门就下雨"，其实下不下雨和你出不出门没什么必然联系，天总是要下雨，你骂它也没用。

这世上努力的人很多，优秀的人也不少，但想要一夕之间变得卓越闻名，是需要运气的。

"运气"就是天的事，不是人的事。所以一个人能把握的是"我尽量把我要做的事情做好，最大化地做好"，但他把握不了他尽最大化做好后能不能迎来成功。

我们习惯了以结果为导向看问题，一旦结果不是我们期待的，我们就开始觉得不公平。

我想这大概是人们对于公平的误解，因为好运并不包含在公平之中。

什么是自己的事，什么是别人的事呢？

听上去再简单不过，但人与人的关系是互相作用的，是互动的，所以我们每每做一件事就会牵扯到"别人怎么想，怎么看，怎么反馈"。

比如一个女孩子，你想分手就分手，你的目的是分手的话就果断分手。如果不是，那就想想怎么经营这段感情。

但她往往是怎么做的呢，她提了分手，然后开始等，等对方的挽留或者解释。

她要的其实并不是分手，而是对方的解释和重视，那为什么不直接告诉对方呢？

这道理放在工作中也是一样。有些人在工作中一旦觉得自己承受了不公平就开始消极怠工，甚至提离职，然而他的目的并不是真的想离职，而是希望得到重视并提升待遇。

那为什么不直接去提呢？

你提了，对方也接受，皆大欢喜；你提了，对方拒绝，你也便清楚此地不宜久留了。

我们常常把自己应该做的事，指望在别人身上，而又把别人掌控的事，挂在自己身上。

这就是拎不清。

拎不清，你就会纠结、烦恼，一直想，一直不平。

所以拎不清并不是一个简单的形容词，而是一种很糟糕的人生状态。

因为你花了大力气，却用错了地方，当然得不出想要的结果。

一个女孩子想跟男友结婚，但男友对结婚并没那么迫切，而女生很着急，她就想尽办法希望男友就范，希望男友尽快把结婚的事提上日程，而男友呢，装作听不懂的样子，导致女生气得半死。

我说，为什么你不去提呢？

她说："哪有女方主动提结婚的？"

她觉得这很降身份很丢面子，但是我们换个客观点的角度，其实是——谁更迫切，谁就去争取。

女方着急结婚，那就主动跟男方去谈结婚的事，而不是明明自己很着急，却又要逼一个不着急的对方比自己还主动。

会有人说，这种事本就不该女方主动提。

那我们来想想结果如何呢？

结果是，她提了，对方觉得可以，那就把结婚的事提上日程，或者她提了，对方给的反馈是没有诚意的，那么她可以借此重新衡量下两人关系的走向。再有就是我们常以为的，认为如果女人太主动就会被对方拿捏，而实际上真是这样吗？

这跟你是否主动没关系，如果一个人因为你的主动反而拿捏你，不是恰恰说明这个人人品和认知都有问题吗？

我看到很多所谓的"情感导师"都在教育女性不要热情主动、不要勇敢示好，否则就显得自身很廉价，就会进入一段不对等的关系……

所以，难道是一个女人勇敢热情地表达了她自己的爱这件事本身有问题？还是认为女人不可以也不应该这样表达的观念有问题？

我们常说期待"水落石出，云开月明"，但其实我们得意识到，现实里很多时候，我们本身是惧怕"水落石出，云开月明"的，于是我们就在不明朗下暗暗不爽、暗暗较劲，把力气花在这些虚耗上，直到虚耗成了我们的日常。

我们必须得从这种"拎不清"的状态下觉察出来，而不是深陷其中劳心劳力，什么时候我们会觉得一件事不再重要？就是当这件事翻篇过去的时候，如果你一味沉溺其中，那它怎么会过去呢？

听听自己内心真实的想法，而不是碍于各种自己设置的障碍退缩，不要把人生的问题复杂化，尽可能简明地处理问题。人生唯有不断地推进，你才会看见更多的丰富和可能性，而不是因一时一地一人一事耽搁太久，那不值得。回头再看时，那不过是自己给自己硬加的戏码罢了。

你是不是也在某个阶段质疑人生的意义

你会在某个时间段觉得人生没有意义,一切无所凭借,都是虚空吗?甚至有厌世轻生的念头?

我有过,并且这个状态从我的青春期十二三岁开始一直持续了十多年,直到我二十五六岁时才发生了转变。

我深知这起源于我与原生家庭的关系,来自父母的爱是一个人最初存活于世的根基,可以说在这方面,我并没有生长出来。

当然,等到了30岁左右,我大概理解了父母。他们不是不爱,而是他们能够给予的和我想要的不一致。我也知道了人世艰难,父母也是再渺小不过的人,自然有他们的限制。由此,也便体谅了他们。

但在此之前,我却折腾了一大圈。

因为原生家庭缺乏亲密关系,于是在我的想象中,我要为自己打造我理想中的亲密关系。曾经的我总是不停地谈恋爱,不停地换男友,因为每一个都不理想,我在寻找一个我想象中的人以及我想象中的关系,我认为这样的人、这样的关系是理所应当存在的。事实当然是连连受挫,因为人是需要磨合的,关系是需要经营的。

如何与他人磨合，如何经营一段关系，至少有一半的因素在我们自身。但我当时20岁出头，并不懂这些，不仅觉得我遇到的人都不合我意，甚至会想，为什么我期待的人总是遇不到，由此又难免陷入失落与自怜。

那时的我，并不会解决问题，甚至不知该如何看待问题。

直到这样折腾了数年后，我忽然意识到，问题的根源其实在我自己身上。

如果我不能解决自己，那么我对外的尝试寻找和努力都是没用的。

于是，我开始问自己，我为什么会对感情是这个态度，为什么如此盲目地渴求亲密关系，为什么即便处于恋爱中依然患得患失没有安全感……

当我意识到这是在映射我的原生家庭带给我的影响时，我知道，这一切，该做个了断了。

父母是父母，我是我；原生家庭是原生家庭，我是我；他人是他人，我是我。

我们每个人每时每刻都会处于一个环境中，但不管处于什么样的环境里，万变不离其宗的问题其实都是"我是谁""我以什么样的姿态面对自己的人生"。

我要以什么样的姿态面对自己的人生呢？

这个问题在我二十五六岁时，依然没有想清楚。

只是一番折腾下来之后，我大概明确了两件事：一、理性冷静地看待问题才能更好地解决问题；二、人生不如意十之八九，如愿以偿是幻想，我们需要在现实中学会的是如何平衡。

于是在这种力求平衡中，我逐渐塑造了自己的性格和处世方式。

但这个时候，我依然没有想过自己的人生意义是什么，大概处于一种"两耳不闻窗外事，一心过好小日子"的状态，对生活的态度是亲切的，但对人群的态度是疏离的，那时的我虽然表面上看似平静，但心底依然充满伤感。

再后来，到了二十八九岁时，我在职场上开始带团队。带团队就意味着，你要对他人负责，既要对上承担也要对下承担。

之前面对他人提出的看似无礼的要求，我可能会毫不客气地直接撑回去，因为我代表的是我个人，只需要展示自己的性格就好。但带团队后，我会想一想，对方为什么这么提，如果我做到了，好处是什么，没做到损失是什么，我需要都做些什么去实现它。

当代表我个人的时候，我可以说"这个活儿我不愿意接"，但当我代表团队时，我没有说出这句话的立场，能不能接下这个活儿意味着整个团队是否有能力，如果一个团队什么也不做，那它在一个公司就没有存在的必要了。

所以带团队这件事，对我来说是一个很重要的处世塑造转折点。在这个过程中，我明白了要跳出自己的角度甚至跳出自己的喜好，单以结果为导向去分析利弊处理问题，不要意气用事也不要感情用事，知道什么时候该进，也知道什么时候该退。

我在职场上见过很多团队负责人，只对上负责，不对下负责，这是我不赞同的。同样，我也不赞同职场内卷和所谓的狼性文化。所以在我的团队中，我依然力图保持的是平衡——每个人付出和所得是平衡的，工作和愉悦是平衡的。

也曾有人说我何必想这么多，手下的人开不开心跟我有什么关系？我并不赞同，因为一个人如果在工作上遭受打压有了情绪，势必会影响他的工作效率，甚至会影响整个团队的氛围。所以在职场上，对下负责同样重要。

退一步讲，大家出来工作，没有人是为了找不痛快找苦吃的，所以，尽量不要成为别人的负面压力。

截至目前，我的人生最重头的一个转折点是我 32 岁生病。这件事让我忽然意识到人生苦短，诸事可能并不像我们想象的那样有时间去实现。那在我们一生中，到底什么才是重要的，需要努力去完成的，而什么又是轻如云烟可有可无的？

大概在我 30 岁时，我的女权意识开始苏醒，但那时它并不是我的目标，我对此依然是顺其自然的状态。直到生病之后，我才确定我要去做这件事，因为它会影响很多人，它对很多人，尤其是女性是非常有意义的。

所以你看，人生的意义不是一开始就摆在那里的，它需要我们自己去找寻，而在找到之前我们可能都会因为外界的冲击感到生无可恋前途渺茫，会失望，会悲愤，会想"算了"……之前能代表我对生命态度的一句话是"生有何欢，死又何惧"，而现在，我的态度是"真真切切充充实实地活着，挺好的"。

生而为人，悲喜参半已成事实，而以怎样的姿态面对我们的人生面对这些悲喜，这是我们自己可以做选择的。

如何让你的人生更快地精进

如何让你的人生更快地精进？答案是——接纳。

很多成年人在日常生活中是非常顽固的"怀疑主义者"，无论他接收到什么信息，都表示怀疑并且抗拒。这意味着自我保护意味着更安全吗？其实未必，真正的安全是一个人要学会接纳信息并分辨信息，而不是拒绝。

中国人有句挂在嘴边的老话叫"我这么大岁数了……"，意思是，我这个年纪了，够权威了，你不用跟我再说。

大家有意识到这句话有多傲慢吗？

我们常说一个人只是衰老了，但他并没成熟，指的就是这个人虽然年纪一直在长，但对世界的认知依然原地踏步，不仅原地踏步，因为他年纪越来越大就误以为自己很权威了，还变得故步自封，而外界环境却在一直发展变化，所以他的智识不但没有长进反而更加倒退了。

什么样的人更顽固呢？

封闭的人。越封闭的人越怀疑、越抗拒，所以那些过得糟的人会越来越糟，并不是因为他们越来越不幸，而是在不幸面前，他们依然拒绝转变。

有一个寓言故事，一个信奉上帝的男人漂流到了一座孤岛上，于是他就向上帝虔诚地祈祷，上帝并没有出现。

死后，他见到上帝，便问："我那么虔诚地向您祈祷，信奉您，您为什么不来救我？"

上帝说："我不是安排了三艘渔船去搭救你吗？"

这个男人固执地认为上帝要显露神迹才算是搭救他，所以当那些渔船经过时，他都拒绝了。

我们听过这个故事后会说这个人好傻呀，但对照现实里，这样的人其实很多。

很多人对于结果的理解就是"上帝要亲自前来搭救我"，而对那些代表着机会的船只却视而不见。你跟他说那些船只就是机会，他们说："怎么会？上帝又没有来！"

明白船只就是机会的人，才可以主动求生，离开荒岛，而如果你意识不到，一直在困境中苦等，最后的结果只能越来越糟。

那些机会多的人，未必是因为他运气比你好，而是他比你开明，更懂得如何发掘机会和把握机会。

人是很难突破自己的认知的，因为一个人的认知体验依赖于他的自身经历。你告诉一个人稻米比水果更果腹，他必须吃过稻米和水果，亲身对比后才能更好接受，否则，他对此是没有概念的。

这也正是为什么书本上的东西我们接受起来如此困难，因为我们通常是概念性地接受了，但内心并没有真切的认同感。

真正的接纳不是"听闻"，不是"知道"，是要有真切的认同感。你认同了，你才会身体力行，才会进一步实践得出结果，并得出属于自己的判断。

我们通常说越博学的人越权威，但我们却忽略了前提是越博学的人越好学。如果一个人不好学，不善于不断地学习和接纳，他又怎么会变得博学呢？对待知识如此，对待生活的态度，亦是如此。

至于接纳来的信息，到底哪些是有用的，哪些是无用要舍弃的，这依托于我们的判断，而如果我们从一开始就什么都拒绝、什么都不去深入地学习，我们又依据什么给出判断呢？

没有任何一种学习是没必要的，有所学便有所得。我们需要做的是，对待一个新鲜事物、自己不熟悉的事物，要用接纳的态度去学习它、了解它，而不是以抗拒的态度去否定它，尤其，对于你越怕的事物你越要认清它。

很多矛盾来源于我们对同一概念所做的解释不同

现实生活里,你是不是每天都要跟外界发生冲突?

有些是明的,火冒三丈,有些是暗的,心下不爽。

为什么会这样?

是因为我们心下戾气太重?

为什么我们经常觉得对方不可理喻怎么讲也讲不通?

答案是,对同一事物我们所下的概念并不一样。

这还只是初步的分歧。

于是我们进行沟通希望达成共识,我们力图统一概念,结果发现还是不行。

因为,即便是对同一概念,每个人自己下的定义和理解都是各自不同的。

比如,有的男人全揽家务,他理解这是爱老婆的表现。

有的男人偶尔帮老婆承担家务,他理解这就是爱老婆的表现。

还有的男人,可能平生只帮老婆做一次家务,在他的理解里,这就已经是很爱老婆的表现了。

所以你看,对于同一个概念,每个人各自的理解都不同。

我们的词典只能对概念下定义,但却没有办法对每个人如何理解这个概念下定义，这便是人与人之间的万千差异。

有人把心地磊落、乐于助人、先人后己称之为好人，而有的人则认为不作恶便算好人。

显然，两者之间的差异，可谓天壤之别。

从而引申的另一个问题就是，诸事恐怕你要亲身去经历。因为他人的描述，是他人的感知，而他人的感知基于他人的标准，对方的标准可能与你完全不同，虽然，在概念上，大家误以为已达成一致。

这就是分歧的来源，尝试沟通是为了解决分歧，但如果沟通了，分歧仍然解决不了，就会真的成为矛盾。

生活中，具体事务的处理没有办法像列公式一样算得清清楚楚，更多情况是属于各自都认为自己有理的灰色地带。比如争议最大的，女方认为彩礼问题是仪式、是礼数，必须得有；男方则指责又不是卖女儿为什么非得要？如果两方都陷在各自的思维里，这件事情就会无解，并且造成双方不快，会伤感情。

我们想解决问题，必须跳出"一方完全对"的这种思路，选择折中平衡两方诉求的方式来解决。比如保留彩礼的仪式，但让它真的只是个仪式，而不是很大的金额让对方觉得压力，把金额限制在一个礼数层面的范围内，不是真的要很多钱，再有，彩礼和嫁妆是不是持平？最后这笔钱具体的归属人到底是谁？合理的依据是什么？

明确地划分这些细节问题，就可以更好、更有效地解决争议。

我们常说交人要三观相同，意思就是我们对于同一事物所作的概念相同，并且理解也相同。

那么，如何才能减少人生的损耗呢？

就是在你可以选择的范围内，尽量去真正交往与自己三观兼容的人，而那些与你三观截然不同的人，他们做的每一件事可能都会让你觉得碰了你的底线，这种交往当然充满不快，我们大可不必浪费精力在此纠结。

成熟的人在日常与外界的交际中，是不会争高低对错的，而是努力寻求共识，以得到有效解决的方案。我们必须放下"我绝对正确，错误都是别人的"这种傲慢的心态。

做到"和而不同"，而不是"不同即不和"。这就是处理问题的方法。

一个人如何活得更快乐？

就是他的日常兼容性更高，不至于轻易就被一些小事激怒或不高兴。而一个人的兼容性，来源于他的认知体系要更开阔，心地也要更开阔。

人生苦短，就让不快乐的时刻少一点吧。

请保持终身学习

马上要高考了,有杂志的编辑来约我写一篇关于高考的文章。不由得想起 20 年前的旧事。

我那时候十五六岁,我问妈妈:"我为什么要好好学习?"

她答我:"可以找个好工作。"

我又问:"然后呢?"

她说:"多赚一些钱。"

这问题到这就结束了,我没有得到我满意的答案。

也正因如此,我认为学习无法吸引我,因为"找个好工作,多赚一些钱"这件事不能真的吸引我。后来,好在我运气不错,也算顺顺利利地读完了大学。

放到今天呢?

我跟我的朋友感慨说,如果在今天的教学质量、竞争、高校教育资源紧缩的情况下,可能我们连大学都考不上了。

再回到我的那个问题"我为什么要好好学习",如果换作今天的我来回答,我会说:"世界那么大,你想去看看的话,好好学习是你的第一张免费车票。"

一个好工作,多赚一些钱,对于一个正处于浪漫青春期的少年人来说是没有什么吸引力的，但世界那么大那么精彩，这是有吸引力的。你想去看看，如何去呢？

　　学习就是一个人通往世界的第一张车票，且在最初是免费的。

　　成年人的世界核算机会成本，核算投入产出比，无形中便多出一种宿命感。所谓宿命感大抵就是你的人生上升曲线开始缓慢，甚至开始下滑，你给自己解释这种无力感就是"宿命"。这恐怕是绝大多数人的宿命吧。

　　人可以一直攀爬在上升曲线上吗？

　　这样的人当然有，但恐怕极其少数，并且很难。

　　我曾在一个讲座里分享我的这个观点，就好比同行业里有两个同类公司，一个做得名列前茅，一个做得平平无奇，然后这个行业出现了转向和创新，极有可能那家更小的公司更容易弯道超车，因为船小好调头，因为它原来做得不怎么样，所以冒险试试也没有更多的成本负担。这样一来，在新的转折后的领域里，反而这个小公司把原来的大公司赶超了。

　　放到个人身上，也是一样。

　　一个人如果一直顺风顺水，可能就缺乏冒险精神和竞争意识，等到有一天发现身旁的人都后来居上，他再想竞争恐怕比人家晚了很多。

　　这就是成年人的世界，它不可能一直是个上升曲线，哪怕你在某一阶段自我感觉良好，但从长远来看，那可能未必是个可靠的事情。而未成年人的世界则总是单纯一些，还没有进入到这种大范围的个人能动性被无限压缩的规则中，相反，未成年人的个人能动性可以发挥出最大的潜能和价值来，也可以相对显而易见地看到成果。

这个途径，就是学习。

仍然有很多声音诟病高考，但是，基础教育是学习里必不可少的一个环节，至少在当下的整体大环境中是如此的。

人为什么要熬过一些基本的苦涩乏味的基础教育？因为等你成年后真正感兴趣的那些东西需要这些作为一个基本常识，哪怕不会被用到，至少它是你走到下一个关卡的途径，且对绝大多数人来说，是最轻易获得的途径。

人除了可以傍身生存的技能和手艺外，还要有对世界的认知，对人文的认知，这些在我们的漫长人生中都会逐步发挥它们的作用。这也是为什么在全世界范围内，有学识的人备受尊重的原因。他们不仅有更多的知识、阅历、眼界，合在一起，他们还有更深邃的人生智慧。

而衡量人之所以为人、是否幸福的一个准绳就是——你是否有足够的智慧来解析你的生命及生活状态。

这些，都与读书、学习密不可分。

所以，对于少年人，好好学习无疑是第一张车票。

我们总囫囵着说它不能决定你的最终人生，但我们却忽略了它可以把你带到下一程，决定你下一程的拐点在哪里。毕竟，人生关键意义上的拐点并不多。所以，这第一张车票怎么会不重要呢？

一度因为疫情城区公共交通都停了，我和朋友出去好不容易在路边打到一辆出租车。

师傅说："你们能等我一下吗？我去买俩包子。"

我们说可以。

那时候已经晚上九点多钟了,师傅刚吃晚饭,虽是疫情下,但人之常情都能理解。师傅一边啃包子一边喝水,跟我们闲聊起来,说疫情停摆,上班的人都居家了,没人打车,还得给公司交份子钱,反倒成了一跑活儿就赔钱了。

师傅感慨地说:"还得你们这种脑力劳动的,我们干体力的,一个月赚万八千顶天了,还得累死累活的……"

虽说各自有各自的辛苦,各自有各自的难处,但脑力劳动者赚钱到底是比体力劳动者轻松些。

2019年职场收入数据调研显示,每多读一年书,女性平均薪酬可提高5.1%……那些嘴上说着"读书无用"的人,基本没读过什么书,没读过什么书的人来告诉你读书无用,有什么可信度?又有什么说服力呢?

当然,也有个例,没读过什么书但最后也混得不错,但那只是个例,概率可能比万分之一还低。并且那些人只是早离开学校,并不代表他终止了学习,他们走到社会上反而可能更好学勤勉,并且吃了不少苦。

成年人的世界,人生的考题比考场上的考题难得多,你不时刻升级自己根本应付不了。

如何看待自己的缺失决定你可以走多远

绝大多数人对于自己的缺失都耿耿于怀,否则就不会有男性那句"因为我当时没有钱,所以女朋友才跟我分手"的世界通行谎言了。

之所以说是谎言,因为这并不是真相,一个人如果嫌弃你没有钱,她会一开始就不选择你,怎么会交往一段时间后分手?

显然,男人留给自己的说辞,不过是个听上去"错不在我"的幌子。

女性会因为什么跟一个男人分手?

显然太多了。

两个完全不同的人在一起磨合,冲突很正常,但往往走到分手这一步时,是因为"磨合不了"了。

一方的力气到对方那儿,像打在棉花上一点反应都没有,这种情况,女性只能分手。而面对女性提出的问题,男性伪装成棉花是他们最擅长的了。

男人显然没有说实话,给自己找了借口,真正导致分手的原因是这个人解决问题的能力和意愿都太差。比如,如何缓解冲突,如何更有担当和责任感,如何跳出"我没钱"这个思维陷阱,如何不那么大男子主义。

但男人不肯承认这些,所以即便后面他再交往多少女性,还是会分手,哪怕他可能赚得更多了,但他依然没有说真话,没有真正地面对自己身上的问题。

很多男人比女人敏感,尤其是那些条件不好的男人。他们轻易就觉得别人做什么、说什么都折损了他们的颜面和自尊心,同这样的男人交往,会累死人。

因为你面对的其实是个"自寻烦恼"的人。

好比晴天他嫌弃,阴天雨天他也嫌弃,刮风下雨下雪都嫌弃……他不是嫌弃天气,他是嫌弃自己。

一个嫌弃自己的人,显然活得不够坦然,如果他能坦然地面对自己的缺失,那么他就会进化,而如果只是一直嫌弃自己,把缺失和问题都藏起来,他就只能困在原地。并且我们得知晓,我们并不是被一个问题困在原地,而是但凡有这类问题出现时,它都会成为我们的麻烦。

你如何让你的人生中不出现此类问题?

那显然是不可能的,它们时时刻刻都在蹦出来扑向你。

真实是所有力量的根基,所以我们想处理问题获得力量,必须得坦然地面对真相,而不是欲盖弥彰。

曾有人问我,在做落地活动的时候,我会不会紧张,如果讲错了怎么办?

我说,今天我在这里给大家做分享,大家坐在这里听我说上两个小时,为什么?因为在今天我们所设定的议题下,我大概是比大家都显得更"权威"的,我的见地和角度要比大家更深入和开阔些,所以你们才愿意来听我讲。

而这个权威来自什么？

来自我在这方面的议题上已经研究数年甚至数十年了，我讲的并不是我临时为这一场活动而写的一篇演讲稿。

那么，对于我所研究的事项，它们本身就该在我的脑子里，这才是我今天能坐到这里的底气。

但如果是超出今天主题之外的问题，可能不是我的研究领域，比如你问我一个医学问题、一个金融问题，那我完全不知道，在这方面我的认知等同于零，所以你问我，我会告诉你我不知道，你应该去问专业的人。而不是我假装自己知道，为了面子好看就胡说八道。

哪怕你站起来，说了一个今天主题下我没有涉猎的范畴，或者是一个比我眼下认知更高一阶的范畴，说明什么？

说明我学习、积累得还不够，你所提到的问题可能我之前确实没有想到。那我今天之后，就要好好去补一补课，所以这个站起来的人，我不觉得他在让我难堪下不来台，而是他让我看到自己在某一个角度做得还不够，我应该谢谢他给了我一个新视角。

我们必须知道，我们既不代表绝对正确也不代表绝对权威，只是在某一个方面研究得更深入些，所以可以与他人分享。我们因此假设前来听分享的人，在这一方面的涉猎应该比我们浅，我们只是这样假设，但不排除在你的主场里，其实坐着其他高手。

这个场地里大多数人可能是来向你学习请教的，但假如真站起来一个人，是给你教导的，这怎么会是难堪？

这是多大的收获啊！

假设我有机会和戴锦华老师一起做一场活动，她的话题如果我接不下去，我只会坦言我不知道，然后认真地听她讲。

难道要蠢到为了自己的颜面说对方错了，然后抵死狡辩？

那些为了自己颜面抵死狡辩的人在我看来，就是十足的蠢人，真相不会因为一个人的狡辩或者掩盖就不被别人看到，你越卖力掩盖，别人看你就越难看。

真正的接纳是接纳自己，并不是说必须什么都要做好，而是"哦，原来我这个做得不好，是有必要做好的，那我就去努力做好它"。还有一种情况，是没必要的。比如你不是个厨师，你就没必要必须把饭做得好吃，能改良更好，不能，也没什么大不了。

我们日常看待自己时，要有这种"没什么大不了"的心态，而不是活了一把年纪竟然还在为少年时同样的问题而烦恼，7岁嫌家贫，70岁还在嫌家贫。16岁嫌自己丑，60岁还在嫌自己丑。

我们需要知道的是：别人没那么关注你，好与不好都是你自己的事，没必要在他人面前为了掩饰遮盖问题，把力气花在错的地方，而真正误了自己的人生。

在解决"不快乐"之前,你要先把自己捋顺了

人是容易犯糊涂的,所以总是不自觉地刁难自己对自己挑剔。比如贪吃、不运动却又想减肥,躺平、糊弄却又想发达,行径与目标总是南辕北辙。

都说知行合一,但真正做到知行合一的人太少了。

一个人想活得还不错,得先把自己捋顺了。

捋顺了,你的烦恼可能就解决十之八九了。

比如你贪吃又不爱运动,就不要为身上的五花肉懊恼,如果你真的接受不了自己的五花肉,那就管住嘴迈开腿。

我们缺乏管理自我的意志后,总是寄希望于一些速效的"黑科技",但很多黑科技其实是不靠谱的,甚至是有风险性的。

凡事都有正反面,你不能要求光的背面还是光。

就拿女人跟男人谈恋爱这件事来说,发生性关系太快,女人觉得男人不诚心,迟迟不发生性关系,女人又生闷气,"难道我就这么没魅力"?男人也是一样,希望自己条件好能吸引女人,等交往了又想着"她是不是就是看重我条件好"。

这种思路,除了为难自己给自己平白添堵之外,还有什么意义?

说到底，是对人性的不信任。

人性值得信任吗？

这个问题我回答不了，我想换个角度，人性更禁不起怀疑，越怀疑越糟。

所以成年人要明白人性的两面性，尤其不要紧盯着幽暗的一面不放。如果你实在觉得对方不是光明的人，就远离，而不是选择了一个人却非要盯着人家的幽暗面看。这种看法，谁都受不了，看久了，你自己也会陷进去。

人想活得快乐一点，就别拧巴，得有点孤注一掷的果敢和冒险，不能什么都想要，什么都想要的人往往哪个也得不到，就算得到了他也不满足。

饿了就吃，困了就睡，不满意就说不满意，想要就说想要，不要就说不要。很多人自己不表态，希望对方能让自己顺意，如果对方没让自己顺意，就成了对方的不道德，这种逻辑其实就是在逃避自身责任，就好比一个害怕冲突的人，他期待能遇到的都是好人，不仅是好人，还得跟他一致，这样才不会有冲突，这当然不现实。现实的做法是，有冲突就有，尽力解决就好，多解决几次，慢慢也就有经验了，学习怎么处理冲突克服困难，这本身就是一个人的成长责任。

世界那么大，你搞不明白，人心那么深，你也搞不明白，你能搞明白的离你最近的其实就是你自己，你把自己搞明白了，人生难题也就解决个七七八八了。

我喜欢那些活得直接真实的人，他们身上固然也有不妥，但对于生命体验来讲，这种活法是充分的，如果一个人连面对自己都别扭，又哪来的精力去活得更充实？

每个人都活在现实中，但大家对于现实的感受，其实是错位的。

有人认为躺在床上做白日梦，幻想自己年薪500万元很开心，他甚至想想就能乐出声来。人的白日梦有些时候，就是个陷阱，它让你一直虚拟地幻想，却忽略了起身解决现实里的一地鸡毛，甚至当他回到现实里看到一地鸡毛觉得压力巨大之后，又迅速躲回白日梦里。

我身边有个20多岁的女孩子曾跟我说过，她羡慕自己的一个闺密，长得很漂亮，嫁得很好，对方条件很好，所以这个漂亮女孩儿日子过得很充裕。当然，这个漂亮女孩儿面对男人是有一些"手腕儿"的。

我问她，你是羡慕这个女生的结果还是全部？她问我有什么区别。我说，比如，那个漂亮女生对待男人的手腕儿，你认同吗？显然，她是不认同的。我说："你看，你羡慕的只是她的结果。"

而如果我们只羡慕一个人的结果，说到底，我们只是想不劳而获而已。虽然那个漂亮女生的手腕儿不是我们认同的，但那是她的"劳"。就好比我们羡慕那些年薪百万元的人坐头等舱买奢侈品，却不羡慕他们每天只睡3个小时全年无休。而在现实的逻辑里，对于绝大多数人来讲，没有"劳"的过程，哪里来的"获"呢？

如果你真的羡慕一个人，真的想变成他那个样子，请你全盘复制他的轨迹，当然，最后能否真的成功，还要取决你一部分的运气。但这是最基础的"成功抄袭法"了。

如果你连全盘复制都做不到，不如就低下头来理顺自己，安心踏实过好自己的小日子。

真正的风险意识并不是紧张焦虑

我见过很多日常容易紧张焦虑的人（非医学上界定的抑郁症患者），他们的口径非常一致，觉得"要时刻有忧患意识，要有风险意识"，所以他们对于没发生的事情总是过度担忧。

但这种过度担忧无非就是造成了精神上的紧张，心理上的压力，除此之外，在行动上他们并没有什么明确的实际行为。

想得多、做得少的人容易焦虑容易患得患失，因为他们在自己的想象中把问题越想越大越想越复杂。而在现实里他们又不实际动手去拆解这些难题。困难对于他们来讲并不是需要立马去着手解决的具体事项，而是像滚雪球一样，最后把所有事情都滚到一起得出一个结论——人生无望。

我始终有个看似尖酸的观点——一个不大聪明的人，越少动他的脑筋越好。

这话看起来刺痛了一些人，但实际情况是，我们为什么说有些人不大聪明？并不是他们智商有什么问题，而是他们思考问题的出发点往往是错的，处理问题也抓不住关键点，逻辑清楚的人处理是"12345"，交给他们处理就会变成"24351"。

但这样的人通常又很固执，他们不认为自己不够聪明，并且为了证明自己往往会变得更加固执。

结果呢，经过他们的一番"复杂处理"，原本简单明了的事情变得越来越糟。

虽然我不想表达此观点，但我们不得不承认，现实中确实有很多人是——糊涂人，他们往往也是自作聪明的人。一个糊涂人又爱动脑筋，结果是什么呢？

结果就是制造麻烦。

我带团队经常跟我的小伙伴们说"你们给自己的工作定位首先是做个没有感情的机器人"，这话听起来是玩笑，但其实是我对工作的理解。很多人在工作中会掺杂太多个人感受，比如事情并不像自己设计的那么发展，比如跟同事之间、领导之间有个矛盾冲突，比如突然有了意外情况，当这些事情发生时，人往往就会被拉到"情绪对抗"里，忘记了核心目的是解决问题，而变成了"我先证明错不在我"。这是在人群中非常常见的场面，也是我们常说的无意义消耗，彼此添堵，最终自己被气得半死。

机器人代表什么，代表程序、精准、不出错、不受外界干扰，所以机器人高效并且可靠。

真正的消解风险是，你的程序是对的，你的路径是对的，按照这个逻辑正常发展下去不出大意外，结果也是对的。

而不是，我们绞尽脑汁在想结果是对的，你都没有动手开始，哪里来的结果呢？

男性群体往往自视甚高，所以他们认为自己有更强的风险意识，理所当然认定紧张焦虑是一个深谋远虑之人的日常，对于女性的松弛，他们往往认为是源自女性的短视和无知，他们没意识到女性对于当下的投入和体验感要比他们好太多，而一个人的真实生命体验就是由无数个当下体验串联成的，所以女性生命感受往往更细腻、更有层次，也更有滋味。

一个人想眼睛健康就少玩手机，避免眼睛疲劳用眼过度；想脊椎健康就调整坐姿、走路的姿势，平时注意保暖和避免损伤；想心肺健康就保障睡眠、少抽烟、适当运动、控制体重；想资产健康就努力开源、规划结余、合理消费……总之，我们想要任何一个结果、一个目的，都是要从可以入手的细节小事开始。比如要达到一个目标需要做 10 件小事，你一个一个做下去，就会离目标越来越近，而不是停在原地靠规划和想象。

如果一个人能够真正行动起来，境况就会多多少少有所改善，在这个改善之中他就会接收到正向的讯息，从而减轻焦虑，更有信心和奔头。比如一个人 300 斤重，他失业了，身体因为肥胖带来很多隐患和不适，他可能一时半会儿找不到合适的工作，但他可以自我主导的是去减重，把身体调理得更健康。在这个过程中，他也有可能会获得更好的工作机会。

日常摆脱焦虑紧张的办法非常直接并且简单——别多想，动起来。当然，如果你的情况是需要求助医生的程度，那就尽快去看医生，不要拖延和避讳，我们总要在困难较小的时候尽早动手解决。

保持内心清明就不要过分解读

这是个人人都强调自我、强调个性、强调个人看法并且希望自己充分被尊重的时代吗?

貌似是的。

结果呢?

结果就是我们看到越来越多的人习惯性吵架——只要对方看法跟我不一样,角度不一样,他的观点就是在刺痛我,我就要反驳,我就要攻击他!他的观点就是来教训我的,他没经我的苦,凭什么教训我?他以为他是谁啊,来教我做人!

因为我长时间写的都是观点性的文章,所以在网络上会不时招来攻击。作为一个写作者,我自认我写的时候已经尽量审慎平静,但被人读去,依然是一石激起千层浪。

每次发生这种情况,我都深表无奈。现代人很聪明,很有自己的看法,并且更要命的是,为了表示自己的"深刻"和"独树一帜",他们会过分解读。

我在文章中写"男性往往有更明确的目标性",有网友回"这作者真是慕强"。我写"成年人要懂得厘清与原生家庭的关系,不要遇到什么都推给原生家庭背锅",有网友回"难道那些从小到大受虐待的也要原谅父母爱父母吗"。我写"人做事要体面",有人回"活下去都难,穷人讲什么体面"……

每每看到这些,我脑子里第一个想法就是"为什么大家现在活得这么酸呢?"

什么是"酸"?

就是并不是就事论事,而是按照自己歪曲的意思过分解读。

你说金钱在人生中并没有那么重要,对方说"那如果你一分钱没有,你试试"。

在我看来,这种抬杠式的沟通非常荒诞无聊。然而有趣的是,我发现越是容易激愤的人,越习惯性地举极端例子,运用极端思考模式。

什么是极端思考模式?

我们都听过那句话叫"我忙着搬砖养你,哪还腾得出手来抱你",这话是男性用来回击那些希望男友多关心自己一些的女性时说的,很多男人说出来觉得"理直气壮",那我请问下,这是不是极端举例呢?如果我采用极端模式追问下去就是——你24小时都在搬砖吗?如果你24小时都在搬砖,又何必来交女朋友?你跟女朋友亲热时也没有手抱对方?

很显然,我们常用一些理直气壮的话来给自己开脱,好像此话一出就代表了自己的绝对正确,而事实呢?

越是这种人云亦云的武断的说法,越会使我们个体变得更糟,使我们变成"理所当然"的人,从而不再去反思反省自己、修正自己。

真正的有效沟通是让我们回到问题本身,而不是假想极端情境。比如有人说"北方人普遍比南方人高",在一般情况下这只是个客观描述,而不是被北方人解读成"你们南方人都是小矮子",也不是被南方人解读成"你们北方人五大三粗没脑子"。

如果一个人敏感到事事都要被刺痛,但凡对方跟自己观点不一样就要认为"他就是在贬损我",这样的人,活得实在辛苦。

越自信的人越平和,因为他不会过分解读,他不会认为别人说什么都是恶意,即便真的是恶意,他也清楚这恶意对他不能造成任何影响,所以不必放在心上。一个人如果习惯性认定他人对自己的出发点都是负面的,都是恶毒的,他又如何能过得好呢?

没有人是十全十美的,自己那些缺陷不必藏着掖着,露出去也没关系,晒晒太阳消消毒,清理清理可能就不那么痛了,如果你一味藏着,那么你就始终走不出去。

探寻人生意义的前提是——回到真实性

曾有人问过我"人生的意义到底是什么",显然,他高估了我。这问题连人类最杰出的先哲都回答不清楚,何况是我?

并且,我相信,每个人的人生意义都是不同的。

因为一个人的人生意义是他为自己下的定义,而非他人界定。

但在此,我可以说一下我自己与之相关的一个角度——无论你的人生意义是什么,必须回到真实性它才成立。

中国古老的哲学有个比喻大家都知道:"见山是山,见山不是山,见山又是山",这里面讲的是人生的三个阶段。

第一个阶段是接纳而轻信的阶段。

往往发生在一个人幼年时期,他的认知体系完全来自他人对他的灌输和教育。

这个阶段,他是一个充分的接纳者,所以是"见山是山"。

第二个阶段是怀疑的阶段。

一个人在成长的过程中,会接收来自各方的信息,他将这些信息吸纳进去,却理不出一个头绪。面对接收到的完全不同的信息,他无法判断到底哪个说法才是真的。

因此，他怀疑一切。

这个阶段，往往从一个人的青春期开始。

因为他发现自己真实感受到的世界和之前大人向他描述灌输的世界并不一致，于是他开始怀疑，但却得不出结论。

青春期的叛逆，从某种角度讲，来自他们对这个世界的怀疑，由怀疑进入抵抗，由怀疑进入茫然，由怀疑进入愤怒，由怀疑进入消极。

这就是第二阶段"见山不是山"。

很多人会终身活在第二阶段，因此很多人活得没有根。

因为他们没有信念。

一个人始终处在怀疑状态，又如何找得到信念？

不确定性带来虚空感，于是很多人觉得人生没意义，并且他们偷换了先哲们的概念"万事皆空"。

照他们的理解，他们这个虚空的状态大抵是成佛成仙了。

但佛或仙不会因为虚空感到痛苦，感到无所寄托，而人会。

人类给自己找了个最实际的寄托——生养自己的下一代，所以结婚生子确实已经是很多人的终身最高目标，因为唯有组建家庭，唯有对家庭、对下一代负责，唯有为家庭、为下一代奔波劳碌，他们才能感觉到自己人生的意义，才能感觉到自己是在家庭和社会的结构之中，才不会陷入无所寄托的虚空中。

第三个阶段是"见山又是山"。

就是一个人必须完成他与虚空与怀疑的对话，回到身为个体的他的生命体验中来，既接纳一个表面上的视角，又对此进行了怀疑和论证，最后再回到自己与该事件到底什么关系本身。

这道理其实我们从小就学过。

在《小马过河》的寓言里，河水并不像松鼠说的那样深，又不像老牛说的那样浅，而到底有多深，需要小马自己蹚过去才知道。

很显然，我们记住了故事，却忘了它的寓意。

放在现实里，"见山又是山"是面对问题和解决问题的态度。

一个人既能把自己的视角和身份抛出去，又能把自己的视角和身份收回来，而不仅是停留在以他人的视角看问题。

也就是，当面对问题时，他能从自身的真实出发。

他明白"这是我的问题"，而不仅是以为"这是人类的问题"或者"这是别人的问题"。

只有一个人理解到"这是我的问题"，他才会充分地调动自己去解决，否则，他只是在被动承受。

面对问题如此，面对生命如此，面对生命的意义也是如此。

我羡慕第一种人。

如果一个人可以一直这样单纯地活着，至少他很快乐，并且很幸运。

但这样幸运的人，太少。

现实里更常见的是第二种人，他们显然把自己抛了出去，等同了人类，等同了他人，他们冥思苦想最后得出的结论是"这一切都毫无意义，那就像其他人一样按部就班地生活吧"。

而第三种人，是活得既真实又充分的人。

他听闻过、怀疑过、思辨过，最后让自己选择真正地接纳。他不是作为众生中的一个，而是即便处在众生中，他依然分辨得清哪个是他人哪个是自己。

每个人的人生，都是有生命密度的。

当你明白了自己的生命密度，开始真正地与自己的生命对话时，大概，你也就得出了属于自己的人生意义吧。

结语

人到中年，我只想更认真地面对生活

"那一天我21岁，在我一生的黄金时代。我有好多奢望。我想爱，想吃，还想在一瞬间变成天上半明半暗的云。后来我才知道，生活就是个缓慢受锤的过程，人一天天老下去，奢望也一天天消失，最后变得像挨了锤的牛一样。可是我过21岁生日时没有预见到这一点。我觉得自己会永远生猛下去，什么也锤不了我。"

这是王小波写在《黄金时代》里的"封神"段落，好多文青可以一字不差背下来。好的文学作品只需寥寥数语就可以跨越时空抓住每一个人的心，因为它唤起了全人类的生命共鸣。但如果你在21岁时读到这些文字，你大概不懂。我见过的年轻人，他们自信轻狂乐观骄傲，他们认为人生是件很容易的事情。他们虽然嘴上没直说，但大抵情绪里轻蔑着"真是搞不懂你们中年人怎么这么丧！"

中年人丧吗？大概是的。因为你不再是21岁，生活里除了爱、吃、想变成云，还有太多每天都会砸过来的鸡零狗碎，房贷、车贷、银行账单、职场竞争、人际关系、场面应酬、社会审视、父母健康、孩子教育、夫妻融洽……二十几岁的人可能几年才去一次医院，三十几岁的人则可能一个月要跑好几回。所以，每次我看到身边的年轻人一脸骄傲不屑时，我内心的想法是希望他们10年后20

年后还能如此"不屑"。

苏格拉底说:"未经审视的人生不值得过。"但审视的前提是目光长远。如果一个人视域狭小、目光短浅、经历匮乏,他又能审视什么呢?我们如何审视自己的一生?答案是我们需要充分地去经历、去体悟。

成年人审读世界要明白世界是个混合体,混合着善与恶,混合着爱与自私,也混合着光明与算计,混合着理想,更混合着有限,因为,这是人性本身裹挟的特质。我们如果只以为人生是"至纯至善"未免太理想天真,而若只以为人生是"性价交易"又未免太现实无趣。前者我们难以保护自己,后者我们难以讨好自己。所以,人生的混合是——既尊重什么是"虽不能至",又保留什么是"心向往之"。

这本书通篇的阐述其实就是以这句"虽不能至,心向往之"为中心的。他人的有限、自身的有限、生命的有限,让我们对所认为的理想中的美好无法实现、不能到达,和谐富足的原生家庭不是我们能把握的,善意正向的人际周遭也不是我们能把握的,扶摇直上的无忧好运也不是我们能把握的,由此看来,我们能把握的,便是面对这些"不够如意时"如何反应,如何面对,如何抉择。

生命的长度不是寿比南山,容颜的秘密不是青春永驻,生活的日常不是平安喜乐,世俗的现实不是衣食无忧,情义的保障不是白头偕老,人生的境遇不是一帆风顺。如果是,那这些话又怎么会成为祝福呢?

彩云易散,才显彩云惊艳;琉璃易碎,才显琉璃珍贵。大都好物不坚牢,所以我们才要努力争取并尽心维护。而这本书所写的,其实就是让我们意识到"努力争取并尽心维护"是我们每个人自己的责任，而非奢求他人给予、运气照拂。

世间诸事，皆是一体两面甚至一体多面的，所呈色相便是因为我们选了哪个角度看过去。诸多问题我们苦苦寻求的答案或许并不在外界，不在他人，而在我们自身。让自己成长，让自我觉醒，便是这样一把备用钥匙。

作为成年人，我们对他人、对自己都负有责任，这个责任不是相互损害彼此倾轧，而是相互尊重彼此宽容。在此，感谢大家的耐心阅读和包容（书中部分所言所写可能会引起你的不舒服），希望这本书对你有些许的助益，愿我们在各自的人生中时刻成长和进步。

未来可期，下次再会。

诚挚感恩。

乔迦
2022年7月　北京

互动环节

② 乔迦

给女性的忠实建议

01

　　这世界上拥有"女性意识"的人是很少的,所以在你成长的过程中,你身边的人可能都是你的反对者,你也没有意识到自己是有女性意识的,只是觉得"哪里不对",保持这种敏感和反抗,若干年后,它会起到重大的作用。

02

经济越发达的地方,意识就会越先进,对女性也就越友好。如果你觉得"身为女性太难了",那么你需要努力地给自己换个环境,换到一个没那么难的环境中去,而前提是,你要有"给自己换个环境的能力"。

03

善待你身边的女性,她们不是你的竞争者,而是你的同胞,尤其年纪长一些的女性是容不下年轻漂亮姑娘的,谁都有年轻的时候,谁都有老的时候,如果我们因此而敌对,只能说我们还在愚蠢地以竞争男性为资源。

04

对绝大多数人来说比较保险的一条路是，好好读书。所以好好珍惜读书求学的机会，即使艰难，也要为自己努力创造，不要别人打压你、让你放弃，你就跟着放弃了。

05

男女之间没有所谓的哪个性别更高级，哪个性别能力更强，一切，都是人为的，长久的社会积累、文化选择、资源倾斜……仅此而已。所以，你没必要认为"男人比我强，我得听他们的"。

06

当你觉得受到伤害了，那就是你的真实感受。不管对方是谁，问自己的心，而不是问对方的嘴巴，时刻做个眼明、心亮、拎得清的人。

07

懂得尊重女性的男人是存在的，只是为数不多，更多的男性需要你去教他如何尊重女性。当然，你没有这个义务教他，因为你要跟一个人在一起了，你才去跟他磨合，而不是为了能跟一个人在一起才去磨合。

08

　　成熟的选择是,"我们同路刚好遇到,结伴而行",而不是"为了跟你同路,我跟你走在一起"。前者是自我的选择,后者是迁就,自我选择是坚定的,迁就是暂时的。

09

　　记得我书中写的,女性光实现了独立,还不够。你应该主动选择承担更多,争取更多,把实现个人价值排在婚恋价值的前面。

10

一直往前奔,不用给自己设限,你能走的,可能会比你原计划想象的要远得多。

给职场人的忠实建议

01

要拎得清公司的资源、老板的资源不是你的,尤其在大平台,个人很容易觉得自己了不起,但那个光环并非你个人的,你真正的能力是你离开别人的光环后你是谁。

02

想在工作中卷你的人总有说辞，他们能找出各种理由，你只需要问自己的感受，对方有没有卷你，是否已经给你造成不舒适，而不是陷入对方的视角，听他胡说八道。

03

真正有诚意的合作就是谈条件，白纸黑字签合同，真正有诚意的用人就是工资给到位，当然，前提是你确实有能力。

04

学无止境,别觉得没意思,各个领域里牛人都无止境,你觉得没意思是因为你始终在原地踏步。他人身上总有长处,多学着点,先别忙着愤愤不平。

05

干什么都三分钟热度的人是没资格说自己喜欢什么适合什么的,当你坚持了之后再说这些。

06

30岁对大部分职场人来说就是个坎儿,所以要有远见,选择是进是退的时候,不要害怕,先把包袱放下,思进莫思停。

07

职场确实不是一个讲人品道德的地方,你可以要求自己有道德,但无法要求他人,让别人尊重你的前提是提升自己的价值和分量。

08

不要以为你在给老板打工,其实是老板在给你打工。不是每个人都有条件自己创业,更不是每个人创业都有保障。所以在他人创造的现有环境中最大化丰富自己,利用条件、提升专业、关联资源,甚至学习老板们如何做老板。

09

值得干就好好干,不值得干就别累着,但尽量去找到"值得好好干"的地方和事情,工作的意义不是无意义的消耗。

10

在职场上不要有被动的"鸵鸟心态",你只有平日习惯性主动解决问题,才不至于给自己埋一个大雷。我所认识的在职场上有"鸵鸟心态"的人,最后大都被动出局了。

给年轻人的忠实建议

01

人在年轻时觉得迷茫是很正常的,人类大脑在 25 到 30 岁才会发育完全,这与我们现实生活中的成长轨迹也是吻合的,把自己扔到社会上摔打几年,慢慢就理清楚了。

02

　　别忙着追问人生的意义，你如果还没有经历，是无法判断对你来说到底什么才是真正的意义，去经历而不是去规划。

03

　　现代人获取爱情、获取机遇相对来说都很"容易"，但容易的事不代表不重要，而重要的事，其实都不容易。

04

可靠的原生家庭是你在外底气的保障,但假使你的原生家庭并不可靠,也没关系,不要太悲观,你依然可以靠自己,你还有二次生长的机会,只要你愿意。

05

我们活在一个现代化、城市化的环境中,但我们的思维和习俗很大一部分还停留在原始传统阶段,这中间的冲突,需要我们自己去平衡好。

06

保持开放吸纳的心态,别怕错,别牢牢抓住安全感,人活着,是需要勇气和冒险的。

07

把握不了的事情,去观察、去学习、去研究、去掌握,而不是抱怨。

08

　　机会不是等你十足准备好了它才来，挑战来了，就胆大心细放手一搏。

09

　　社会始终是在进步的，虽然还有很多问题，但我们要肯定这是人类共同努力的成果，身为其中一分子，当下的我们也是有义务的。

10

少人云亦云，多行动，多思考。

给男性的忠实建议

很多女性问题往往都是男性造成的,所以真正地关心一下女人的处境,听听她们在说什么,而不是以自我为中心习惯性地对女人指手画脚。她们需要的是你的理解,不是你的教育。